Scrittori italiani e stranieri

Il mondo che da qualche parte esiste

I vani desideri sono tanti,
che la più parte ingombran di quel loco:
ciò che in somma qua giù perdesti mai,
là su salendo ritrovar potrai.

LUDOVICO ARIOSTO, *Orlando furioso, XXXIV, 75*

1

I jeans stringono come le maglie di una catena, le gambe, sotto, sono fredde e morte. La madre la studia dallo specchio. Glieli ha comprati lei alla bancarella del sabato, apposta per il primo giorno di scuola.

Ginevra si osserva di profilo, poi di spalle. Le cuciture le strizzano i fianchi e s'infilano tra le natiche. Il suo corpo, da qualche tempo, è un susseguirsi di linee curve. Hanno sostituito i contorni aguzzi delle gambe, il profilo del busto che scendeva a picco sul bacino. Da un mucchio di vestiti ammassati in fondo al letto afferra un groviglio di stoffa chiara. È un maglioncino di cotone a trama grossa, che emana un vago e rassicurante odore di muffa, misto a deodorante per l'ambiente. Se lo infila, lasciando che il tessuto le ricada fin sotto il sedere.

«Se po' sapè che è 'sto schifo?» Vanda sta seduta sul letto disfatto, i jeans identici a quelli della figlia e un paio di stivali bianchi, dal tacco alto.

«Me l'ha prestato Mara. Ci tiene che me lo metto.»

«Mara?» Vanda è esasperata. «Cammina, va'. Vestite come se deve, e vatte a truccà. Còri, che è già tardi. T'aspetto in macchina.»

Vanda attraversa la stanza a passi veloci, i tacchi sproporzionati alla corporatura tozza. Ricompare sulla porta poco dopo e fa volare dentro uno straccetto nero, che finisce addosso a Ginevra come un uccello morto. È una maglietta trasparente, con una striscia opaca che copre a malapena il seno. Ginevra se la ricorda: sua madre la indossava la sera in cui ha festeggiato i trentaquattro anni, per mangiare in cucina la torta al latte che si era fatta da sola. Se l'appoggia al corpo, e per un attimo, nel riflesso che lo specchio le rimanda, le pare di vedere lei: stessi occhi felini, solo su un volto più neutro, su cui nessun sentimento si è ancora cristallizzato come una maschera. A volte le sembra che sua madre sia prigioniera della propria faccia, che questa la inchiodi per sempre a emozioni vissute troppo a lungo. Non può fare a meno di provare pena per lei.

Si tira i capelli indietro in una coda stretta e si guarda: dimostra almeno diciassette anni.

Scende di corsa due rampe di scale, fino al decimo piano, poi svolta nel corridoio a sinistra, un cunicolo di cui non si vede la fine, illuminato a tratti da un neon traballante. Le porte le sfilano accanto tutte uguali, contrassegnate da numeri di metallo. Centotrentatré, centotrentaquattro. Rettangoli scuri sul muro scrostato si susseguono al ritmo dei suoi passi. Nessuna traccia di vita, solo l'eco dei suoi tacchi che si allontana e scompare, come risucchiata dal fondo del corridoio. Alla centosessantasette si ferma e bussa quattro volte. Mara compare poco dopo. Indossa maglietta, mutande e calzettoni di lana.

«Devo annà, sto a fà tardi» esordisce Ginevra restando sulla porta. Dalla parete di fronte, punteggiata di fiorellini scuri e piccole macchie di muffa, arriva la sigla di *Ransie la Strega*. Vorrebbe solo entrare, sedersi in cucina davanti a un bicchiere di latte e ai biscotti del discount e fare colazione con Mara guardando i cartoni animati, come hanno fatto ogni mattina negli ultimi otto anni, prima di andare a scuola.

«E la maglia mia, non te la sei messa?»

È delusa, si sente: che Ginevra indossasse qualcosa di suo sarebbe stato un modo per andare con lei.

«Mi' madre non ha voluto. Vado, sennò strilla.»

Inizia ad allontanarsi, ma resta voltata verso Mara a lungo. Ha quasi raggiunto la rampa quando la voce dell'amica la sorprende alle spalle.

«Gine'.»

L'ha seguita così com'era, scalza e in mutande, e adesso la osserva con occhi imploranti. «Devi esse contenta. Esci da 'sto schifo de posto. Era quello che volevi. Devi esse felice, hai capito?»

D'un tratto, la puzza di fogna che opprime la rampa è nitida come se Ginevra la sentisse per la prima volta. Annuisce senza convinzione.

«Dài, se vedemo dopo.»

Si gira, scende due gradini, poi viene inghiottita dal buco nero delle scale.

Il sole è appena spuntato dietro la torre, Ginevra avanza lungo il corridoio scuro proiettato sull'asfalto dai ventidue piani di cemento nudo. Una miriade di ciondoli di metallo tintinna alle sue spalle sullo zaino multicolore. Il silenzio è inciso in lontananza dal rombo delle auto di passaggio sul raccordo. Odore di erba bagnata e letame: lo smog della città fin qui non arriva.

La Fiesta rosso scarlatto l'aspetta al centro dello slargo deserto. Dai finestrini escono l'ultima di Tiziano Ferro e le imprecazioni di sua madre contro la tipa che le ha fatto le sopracciglia. Ginevra sale a bordo e in una sequenza automatica abbassa lo specchietto, controlla che la riga di eyeliner sia dritta, passa la punta dell'indice sotto l'occhio per pulire le sbavature.

«Non toccà, che fai peggio» l'ammonisce Vanda. Il trucco le ricopre pesantemente il viso e riempie le rughe, facendole più evidenti. Al di là del vetro la torre sembra tremare quando accende il motore.

L'auto serpeggia lungo la strada male asfaltata, come

poggiata per sbaglio in quel che resta della campagna, tra qualche pecora perduta, carcasse di auto incendiate, sacchi di spazzatura disseminati ovunque. Quando la torre si fa lontana abbastanza da restare inquadrata per intero nello specchietto retrovisore, Ginevra avverte uno specifico sollievo. Il senso di oppressione dovuto ai metri e metri di edificio che le incombe sulla testa scompare. Da quel momento in poi sarà un oggetto qualsiasi nella vastità della periferia, qualcosa che non ha nulla a che fare con lei.

S'infilano nel raccordo. Sono mesi che sua madre studia la strada. Ha calcolato tutto, anche il traffico. Superata l'uscita per l'aeroporto, davanti a loro compare una colonna di auto che arriva fino all'orizzonte. Vanda si accende una sigaretta. È tesa, ma non dice una parola.

«Àprite il giacchetto. Famme vedé» ordina all'improvviso. Ginevra prende tempo; si volta verso il guardrail ammaccato, verso l'erba seccata dall'estate che si stende oltre. Ma gli occhi di Vanda non arretrano, continuano a scrutarla severi, carichi di aspettative sotto lo strato di rimmel blu fluorescente.

Aveva dodici anni quando successe la prima volta: una mattina, dopo essere uscita dalla doccia, Ginevra scoprì sua madre a fissarla in quel modo. Allora si sbrigò a coprirsi, ma poi, rimasta sola, si spogliò di nuovo e si mise davanti allo specchio, per capire. Non vide nulla di strano.

Qualche giorno dopo, mentre tornavano cariche di buste della spesa, nel piazzale incrociarono il Poeta, un uomo coi capelli lunghi e bianchi che abitava agli ultimi piani, abbastanza famoso alla torre perché si diceva fosse un artista. Il Poeta guardò Ginevra con insistenza, e allora Vanda, non appena nell'androne, le si mise di fronte e la scrutò tutta, dalla testa ai piedi, in un modo scientifico, come per verificare un'ipotesi straordinaria. Da quel giorno iniziò a comprarle vestiti da donna: non più orsetti e cuoricini, ma gonne con il pizzo e abiti aderenti. Ginevra con quelle cose addosso si sentiva a disagio, però quando restava sola ballava, si agitava davanti allo specchio come aveva visto fare in televisione nei programmi preferiti di sua madre.

Un pomeriggio, mentre guardava i cartoni animati con Mara, Vanda arrivò tutta ansimante e disse a Mara che doveva andarsene, perché loro avevano una cosa da fare. Tirò fuori dall'armadio l'ultimo vestito che le aveva comprato, bianco con una gonnellina corta a balze, e glielo fece mettere. Poi prese i trucchi e iniziò ad armeggiare con gli ombretti. Le dipinse le palpebre di rosa e le passò la matita intorno agli occhi, allungandoli con una coda verso le tempie. Ginevra rimase a fissare il proprio volto trasfigurato, si sentiva ridicola ed esaltata insieme. Vanda le spiegò tutto, ma sbrigativamente, continuando a spennellarle le guance, senza guardarla mai negli occhi. Disse che al Poeta era piaciuta, e che voleva farle delle fotografie. Che lui conosceva un sacco di gente nella moda e che era un'occasione, perché stava diventando bella, e se qualcuno se ne fosse accorto, forse, magari, l'avrebbe portata via da lì. Perciò, adesso sarebbero salite al diciannovesimo piano e lei avrebbe fatto tutto ciò che lui le avrebbe chiesto.

Ginevra aveva la nausea in quella casa che puzzava di carne marcia e con l'intonaco che cadeva a pezzi dai muri, mentre l'uomo con le unghie sporche le spiegava come rivolgere il viso alla luce, e schiudere le labbra, e sollevare il braccio, e sua madre la controllava fumando una sigaretta dopo l'altra, e sembrava dirle: "Comportati bene, o dopo te la vedi con me".

È più o meno lo stesso sguardo, quello che Vanda le riversa addosso nella Fiesta in coda sulla statale: lo stesso di quel pomeriggio a casa del Poeta. La stessa severità, lo stesso carico di aspettative, come se da quel corpo che sua madre continua a fissare, e che a lei non sembra neppure appartenerle, dipendesse il suo, il loro destino. Poco a poco, Ginevra sente le difese crollare. Torce il primo bottone del giubbino finché non scivola dall'asola. Poi passa al secondo, al terzo, lottando contro un pudore ostinato. Centimetro dopo centimetro, lo sguardo di sua madre si appropria del suo corpo come se le spettasse di diritto.

«E la maglietta mia?» Vanda fissa inorridita la T-shirt bianca e sformata. Tende le braccia sul volante, irrigidisce la mandibola. «Se po' sapé perché fai così? Ce l'avessi avuto io, il fisico tuo, adesso non stavamo qua.»

«E 'ndo stavamo? Se po' sapé 'na bona volta?»

Vanda respira a fondo, una volta sola, stringendo la mano sul cambio. Le unghie laccate di rosso quasi si conficcano nella carne.

Si sono lasciate alle spalle la statale, un'idea rarefatta di città inizia a prendere forma intorno a loro. La Fiesta s'infila in un tunnel; Ginevra chiude gli occhi nel buio e sparisce sotto terra. Quando li riapre, intorno a loro sono comparse le prime palazzine basse, i grandi terrazzi rigogliosi. Bar, negozi, persone che entrano ed escono.

Svoltando da un isolato all'altro Vanda guida lentamente, come se con il suo passaggio avesse paura di rovinare qualcosa.

«È questa» dice a metà di un viale alberato, puntando l'indice verso l'edificio bianco che sorge al centro di un cortile invaso dai motorini. Tre bandiere sventolano sopra il grande portone di entrata. Vanda rallenta, ma poco prima di fermarsi accelera di nuovo. «Me fermo più avanti» si giustifica, «non me va che me vedono.»

La figlia la inchioda con uno sguardo spietato. «Te vergogni, ma'?»

Vanda continua a guidare, impassibile. Supera due isolati e accosta vicino a un supermercato.

«A ma'» continua Ginevra, stufa di girarci intorno, «perché m'hai voluto portà a scuola qua? Che c'entriamo noi, qua?»

Quando Vanda ha preso la decisione, Ginevra si è limitata ad accettarla con una deferenza silenziosa, per la sua abitudine a prendere le cose per quelle che sono. Solo adesso, senza preavviso, si ritrova a pensare a come sarebbe stato restare alla torre. Passare le mattinate con Mara, aspettare con lei le clienti per la manicure.

«Tu non ce marcisci in quel posto de merda, hai capito?» sbotta Vanda. I suoi occhi corrono avanti e indietro sul corpo della figlia. «Ma tu te sei vista, Gine'? Sei uno spettacolo, ecco cosa sei. Ricordatelo bene, hai capito?»

Apre lo sportello e quasi la spinge in strada, poi lo richiude, gli occhi gonfi di lacrime. Con un cenno le ordina di andare.

Stretta nelle spalle Ginevra s'incammina. Intorno a lei, gruppi di ragazzi e ragazze formano capannelli chiusi, tutti immersi nei loro mondi privati e inaccessibili. Si sente addosso gli occhi di Vanda, insistenti. Sua madre controlla come cammina, se tiene le spalle ben aperte, se mette i piedi in fila uno davanti all'altro. Gliel'ha ripetuto mille volte, durante gli afosi pomeriggi a casa, nell'estate infinita che ha preceduto il grande salto, "la loro occasione". Avrebbero impiegato tre quarti d'ora ogni mattina per lasciarsi la torre alle spalle, attraversare la periferia ed entrare nella città, fino a raggiungere il quartiere in cui sorge la scuola. Un istituto prestigioso, frequentato da rampolli di famiglie importanti. Avvocati, giornalisti, persino sceneggiatori. Vanda ogni giorno avrebbe fatto avanti e indietro per accompagnarla e poi tornare a prenderla. E anche se da lei si sarebbe aspettata un po' di gratitudine, non l'avrebbe pretesa: le sarebbe bastato il suo impegno, dichiarava mentre le mostrava ancora una volta il modo giusto di camminare. Lo avevano spiegato in una trasmissione del pomeriggio, su Canale 5: con le spalle aperte, il ventre contratto, e un immaginario filo sulla testa che tira verso l'alto, come le marionette.

«Ginevra Scarlizzi.»

La Gervasi è una donna sui cinquantacinque dal taglio

di capelli sofisticato e i lineamenti sottili. Scruta le teste degli alunni al di sopra della montatura rossa degli occhiali, in attesa che qualcuno si alzi.

Seduta in mezzo a loro, Ginevra finge con sé stessa di non aver sentito, sperando che prima o poi anche gli altri si convincano di aver frainteso un fischio di vento. Si solleva qualche risatina. La Gervasi scandisce in tono più acuto: «Ginevra Scarlizzi».

Con una lentezza volutamente estenuante, Ginevra si alza.

«Buongiorno.» La Gervasi le rivolge un sorriso cortese, quasi mellifluo. «Cosa ci dici di te, cara?»

Ginevra osserva l'alternanza di pietre dure al collo della donna. La invade, d'un tratto, una freddezza assoluta. La sente arrivare dall'alto e scenderle sulla testa, infonderle all'improvviso una consapevolezza lucida che si dirama nelle braccia e nelle gambe, ferma i tremori. Potrebbe restare per ore così, imperturbabile, con tutti gli occhi addosso. Lo sguardo della Gervasi arretra impercettibilmente; le labbra, curvate da una smorfia di perenne disapprovazione, si stringono appena. Ginevra ha aspettato quel momento con una calma paziente. La donna si schermisce accennando un sorriso, che vela un distacco seccato. «Forse Ginevra non ha voglia di parlarci di sé.»

Ginevra si lascia cadere sulla sedia con aria annoiata. La ragazza che le siede accanto – i capelli rossi, un braccio teso sul banco a creare una barriera tra loro – le lancia un'occhiata. Dalle prime file arrivano sguardi venati di ironia e curiosità.

«Camilla Vannini Borghi» esclama compiaciuta la professoressa, dimenticandola.

Si alza in piedi una ragazza due file più avanti, lunghi capelli biondi tenuti indietro da un foulard di seta colorata e grandi occhi verdi, sgranati sulle guance rosee, da bambina. Ha una bellezza che sembra non appartenere a quel mondo: pare uscita da un quadro antico. Indossa una camicia larga infilata in un paio di pantaloni azzurri dal taglio dritto, chiusi da una cinturina di cuoio. Sembra un angelo, né maschio né femmina.

La Gervasi dichiara di conoscere suo nonno, chirurgo di fama. La ragazza inizia a parlare con disinvoltura della scuola da cui viene, persino dei suoi passatempi. È pervasa da una specie di svogliatezza, come se la vita le piovesse addosso sotto forma di gocce leggere, e lei restasse lì, a contemplarle mentre scivolano via.

Al suono della campanella la Gervasi raccoglie le sue cose in fretta, improvvisamente bisognosa di tornare alla propria vita. L'aria è percorsa da un fremito di mormorii e sedie spostate, che con la sincronia di un'orchestra a un cenno del direttore esplode in un boato quando la donna esce dall'aula. La ragazza dai capelli rossi accanto a Ginevra scatta in piedi per raggiungere un gruppo di compagne più avanti. Sono tutte un chiacchiericcio; se ne stanno strette attorno al primo banco, facendo sfoggio di identiche borsine scure tenute a tracolla da una catenella, che si mostrano l'un l'altra. Hanno capelli lunghi e sciolti, camicie in toni chiari e scarpe da ginnastica bianche, i volti arrossati dalla stessa eccitazione per la vita, che loro malgrado non sanno nascondere. Tutte sembrano contagiate da un identico desiderio di sparire, di farsi indistinguibili. In questo, soprattutto, Ginevra è diversa. Lei, al contrario, ha un disperato bisogno di esserci, di dimostrare che esiste. Da qualche parte, in un luogo profondo dentro di sé, vive il terrore che la sua vita possa trascorrere fino alla fine come quella di un topo di fogna, a raschiare tra gli scarti delle vite degli altri, senza mai vedere la luce.

Camilla infila lentamente le sue cose nello zaino, in perfetta solitudine, avvolta da una lontananza eterea. Facce e voci intorno a lei non sembrano riguardarla.

Ginevra esce nel corridoio. Alcuni ragazzi vicino alla finestra la osservano come fosse un animale strano, capitato fuori dal proprio habitat. I capelli coprono le fronti, velando espressioni che virano dalla sicurezza ostentata allo smarrimento più totale. Dalle aule si riversa una fiumana diretta alle scale e poi giù, al cortile. Lei va nella direzione opposta, verso la fine del corridoio. Supera i bagni, lo sgabuzzino, arriva dove non c'è quasi più nessuno, davanti a una grande porta di ferro con sopra la scritta "Uscita di emergenza". La spalanca con entrambe le mani ed esce sulle scale antincendio. Si ritrova in una specie di gabbia metallica, sospesa sul retro dell'edificio. Appoggia piano la porta per evitare di restare bloccata fuori e si volta.

Sotto, nella striscia del cortile interno, poche teste piccole come capi di spillo. Sono studenti sfuggiti clandestinamente alla ricreazione per fumare. Da laggiù non possono vedere lei, che è più clandestina di loro ancora, né le cime degli alberi oltre il cancello, né la strada che costeggia l'isolato, semideserta rispetto a due ore fa, quando era invasa dalla frenesia del mattino.

Senza una precisa intenzione Ginevra inizia a salire le scale, e più va su, più i ragazzi del cortile diventano irrilevanti, e il paesaggio intorno sembra balzare fuori, inghiottendo loro, la scuola, lei. Il reticolo delle strade, separate da blocchi di edifici circondati dal verde, si mostra nella sua geometria ordinata, mentre in lontananza la statale taglia la periferia, dritta e inesorabile fino alla campagna che poco a poco si rivela oltre gli edifici più alti, una distesa verde verso l'orizzonte, interrotta qua e là da file improvvise di palazzi squadrati. In un punto indefinito del paesaggio, all'improvviso compare la torre, maestosa e inquietante, che la fa arretrare d'un passo. E non appena si ferma a contemplarla, ferita tetra sul cielo limpido di settembre, Ginevra si chiede se quella visione spaventosa, eppure in qualche modo rassicurante, non sia esattamente ciò che cercava lassù.

2

Mara apre la borsa da lavoro e tira fuori l'occorrente, lo sguardo concentrato, già altrove. Ginevra gliel'ha sempre invidiata, quella luce che le si accende negli occhi mentre lavora.

La borsa è una cartelletta di tela bianca che sua madre le ha regalato due anni fa: Mara le ha raccontato tutta la storia. Sua nonna Teresa, da giovane, ci teneva gli attrezzi da parrucchiera e se ne andava in giro per il comprensorio, cinque palazzoni di otto piani nella periferia sud, sei appartamenti per piano. La domenica le donne del posto non rinunciavano a farsi acconciare i capelli per poche lire, che in qualche modo mettevano da parte. Teresa era sempre richiestissima, e sapeva stupire le clienti con pettinature originali, riuscendo a far balenare un sorriso, una volta che si guardavano allo specchio, sui volti asciugati dalla fatica di tirare a campare. Quando girava per gli appartamenti, Teresa si portava dietro la figlia Giuliana, la madre di Mara, che allora era una bambina di otto anni e per gioco metteva a tutte lo smalto sulle unghie. Col tempo, però, Giuliana aveva imparato sul serio, e a poco a poco, crescendo, ne aveva fatto un lavoro. Aveva un gruppo di clienti fidate che la chiamavano regolarmente per la manicure; in lei, però, non aveva mai brillato l'estro creativo di Teresa. Era precisa, questo sì, puntualissima: niente più. Già a quattro anni,

Mara accompagnava Giuliana negli appartamenti. Del resto la bambina non dava fastidio, passava il tempo a guardare la madre e giocava a imitarla con gli smalti avanzati, le limette consumate che le regalava. Presto, però, iniziò lei stessa a osare spontaneamente accostamenti di colori, a studiare forme, seguire tendenze. Giuliana capì subito che il talento creativo di Teresa aveva saltato lei per arrivare a sua figlia. L'istinto che dalla testa di Teresa le fluiva nelle mani, guidandole sui capelli delle clienti, Mara ce l'aveva tale e quale quando smaltava le unghie e le limava. Così, Giuliana le aveva ceduto la cartelletta bianca, che fino a quel momento aveva tenuto per sé un po' a disagio, come se sentisse di non meritarla.

Ginevra osserva Mara disporre le boccette sul tavolo, allineandole secondo la sfumatura di colore. Per anni è stata la sua unica cavia. Passava pomeriggi interi con le dita tese e immobili per permettere a Mara di sfogare il proprio estro, e poi se ne andava in giro orgogliosa, sfoggiando quel che l'amica aveva creato per lei. Non sarebbe stata capace di fare altrettanto: ogni volta che ci aveva provato il risultato era stato disastroso, e aveva dovuto rimuovere tutto con l'acetone.

Mara, invece, con i pennelli in mano splendeva di una luce celestiale. Quella capacità innata brillava in ogni particella del suo essere, era parte di lei in qualsiasi momento, mentre dormiva, mentre mangiava. Le indicava una strada, la rendeva speciale, salvandola dalla pochezza che inchiodava lei a quel mondo. Lo ha sempre saputo, Ginevra, e adesso, osservando l'amica sprofondare in una concentrazione abissale, pensa che se quel talento, o un altro qualsiasi, anziché a Mara fosse toccato a lei, sarebbe partita da lì per dare un senso alla sua vita, per afferrarne le redini e condurla in una precisa direzione. Si è sforzata in tutti i modi di capire quale potesse essere il suo, una capacità che la rendesse degna di stare al mondo, ma è stato inutile; per quanto sia stata indulgente con sé stessa, non ha scorto alcuno scintillio, niente che la distinguesse dalla banalità delle esistenze che la circondavano. Ha finito così per avvertire ancor più nitidamente ciò che già sentiva, quella specie di continuità tra sé e la torre, come se entrambe fossero state plasmate dalla stessa materia marcia e fatiscente. L'immobilità che pervade la torre, la casualità che sembra impregnarne l'essenza, quella stessa mancanza di senso, riguarda anche lei.

Mara le afferra la mano, allungata e molle sul tavolo, e con gesti nitidi inizia a servirsi delle sue dita come tele. L'artista al cospetto dell'opera prima ancora che abbia preso forma.

«Che colori vuoi? Io pensavo questo. E questo.» Mara indica due boccette di diverse sfumature di viola, poi si alza e va ai fornelli, come per darle il tempo di riflettere. Spegne il fuoco su cui ha messo a scaldare il latte e aggiunge un cucchiaio di Nesquik.

Ginevra resta ferma davanti al latte fumante, il mento sprofondato nel palmo. Beve tutto d'un sorso, poi si alza e sciacqua la tazza. Quando torna a sedersi, Mara le prende la mano e incolla i cerotti, maneggiando le dita con una delicatezza estrema.

Il corpo di Ginevra le suscita una reverenza assoluta. Sono cresciute insieme; le madri, nei pomeriggi a casa, non le distinguevano: se c'era una, c'era anche l'altra. Poi, un giorno, guardandosi allo specchio, Mara si era accorta che il suo corpo stava cambiando. Le gambe e i fianchi s'ingrossavano, i lineamenti si facevano indefiniti, quasi abbozzati. Ogni giorno diventava più simile a sua madre, a qualsiasi altra donna lì alla torre. Ginevra, invece, prendeva una strada diversa. Era sempre più alta e slanciata, le forme e il volto si andavano definendo con precisione. In qualche modo la stava abbandonando, come se all'improvviso, crescendo, rivelasse di appartenere a un'altra specie.

Da quei tempi le cose tra loro non sono più state le stesse, anche se in apparenza niente è davvero cambiato. Prima non c'erano confini a separarle, adesso, invece, Mara sente bene dove l'una finisce e l'altra comincia. Sono staccate, diverse. O meglio: Ginevra è diversa. È fatta per il mondo fuori, al contrario dei corpi lì alla torre, che sono ostili, perché il mondo gli è ostile. È per questo che, quando le ha parlato dell'intenzione di Vanda di allontanarla dalla torre, non si è stupita. Semplicemente, per lei la separazione era già avvenuta. Non sa cosa aspettarsi, Mara, non sa cosa sperare per Ginevra. A volte, guardandola, le sembra di contemplare un'immagine sacra, altre, un cadavere sul fondo del mare.

Ogni tanto Mara si ferma a sorseggiare il latte, poi riprende a lavorare, immersa in una calma profonda. Ginevra è ipnotizzata dalla sua concentrazione. Mara ha gli occhi fermi, le mani sicure.

«Scendiamo, più tardi?» dice senza staccare gli occhi da quel che sta facendo. Pennellate decise, millimetriche. «Ho incontrato Fabio e Damiano, prima. Dice che vanno giù.»

«Vacce te. A me non me va» ribatte Ginevra, sciatta e astiosa.

Mara infila bruscamente il pennellino nella boccetta e la guarda. «Lo sai che io non te capisco?» sbotta, fissandola con occhi brucianti. «Se non me vuoi racconta niente, non racconta. Però, hai sempre detto che 'sto posto te fa schifo, che te ne volevi annà, e adesso che tu' madre te dà 'na possibilità, sembra che il mondo ce l'ha con te.» Espira a lungo, turbata, come se le scelte di Ginevra in qualche modo riguardassero anche lei. Poi riprende la boccetta e ricomincia a laccare le unghie di un viola profondo, scivolando in fretta nello stesso luogo lontano.

«Non è che non voglio racconta» bisbiglia Ginevra, la testa sul braccio allungato sopra il tavolo. «È che non saprei che dì. Ancora lo devo capì, che ce sto a fà, lì. Damme un po' de tempo, no?»

Mara riprende a parlare adagio. «Che ce stai a fà? Ma come, che ce stai a fà? Perché, qua, invece, che ce stai a fà? Che pensi, che ce l'avemo scritto in fronte, noi, de vive qui?» Socchiude gli occhi, come lottando contro la sua stessa rabbia. Si sforza di calmarsi per compiere l'operazione più importante. Solleva la pellicola trasparente che ricopre l'unghia del pollice e tira. L'unghia resta divisa in diagonale, laccata di viola per metà.

«Che dici?» chiede soddisfatta.

«Che sei 'n'artista, ecco che dico.» È sincero, il sorriso di Ginevra, ma ha una punta avvelenata, che finisce per ripiegarsi verso l'interno e tagliarla. Mara, la sua compiutezza. «Allora, scendiamo adesso?» Si alza in piedi.

«Adesso? Ma lo smalto se deve ancora asciugà» risponde Mara, stupita, «non stiamo manco a metà.»

Ginevra le toglie il pennellino dalle dita e lo infila bruscamente nella boccetta, incurante dello smalto ancora umido che inizia a colare lungo le dita in lingue dense e colorate.

«Stai ferma, che rovini tutto!» grida Mara.

Ginevra la guarda calma, come per togliere importanza alla cosa. «Chi se ne frega delle unghie, dài. Andiamo a facce un giro.» L'afferra per il braccio e quasi la trascina fuori dalla porta di casa.

Mara sa che quando fa così non c'è niente che possa fermarla. Allora si lascia portare, e intanto fissa la mano che le stringe il braccio, un insieme confuso di macchie di colore, un affascinante quadro astratto.

Appena svoltano sul retro, il sole le sorprende conficcandosi negli occhi; le costringe a fermarsi, a nascondere il viso nei palmi fino a che le lame di fuoco non spariscono nel buio.

Fabio e Damiano sono già lì, lanciano sassi verso la distesa di niente che separa la torre dalla striscia di periferia all'orizzonte. Fanno a gara a chi arriva più lontano, ma non ci sono riferimenti, alberi né altro, così non si capisce mai chi ha vinto. Damiano va verso di loro, mentre Fabio cerca per terra il prossimo sasso. Quando le vede, si blocca. Ginevra si porta dietro il potere di farlo vacillare, lo costringe ogni volta a rallentare, a raccapezzarsi.

«Quanti anni hai adesso, Gine'?» le chiede Damiano da lontano, come fosse una questione urgente.

Mara si sforza di non abbassare la testa, di restare orgogliosamente nell'ombra.

«Quattordici e un mese.» Ginevra lo dice come un affronto, spingendo il mento avanti.

«Sei grande, ormai.»

«Ho la tua stessa età, imbecille.»

Damiano ridacchia. La sua sicurezza non si scalfisce, anzi, l'atteggiamento di Ginevra lo aizza ancora di più.

Fabio li ha raggiunti, lo guarda male. Per un attimo è deciso a lottare, a fermarlo, ma dura poco. Damiano è sempre stato più forte di lui, non conosce esitazioni né incertezze. Proprio come Ginevra: vanno dritti per la loro strada, senza farsi tante domande. Fabio ha sempre saputo come sarebbe andata a finire, tra loro.

Damiano lancia a Ginevra un'occhiata diretta. Senza dire nulla lei si stacca dagli altri e s'incammina costeggiando il retro, verso l'ala est, certa che Damiano la segua. Supera la discarica, costeggia i bagni comuni evitando di guardarci dentro per non vedere i tossici, raggiunge i rovi che crescono più in là, formando una specie di capanna. Dentro, per terra è pieno di fazzoletti usati, escrementi. Resta fuori, si appoggia al muro e aspetta che Damiano la raggiunga.

Lui le si ferma davanti, vicinissimo, la pancia che sfiora la pancia. È più alto di lei ma meno forte, esile come un bambino.

Ginevra fissa con fare annoiato un punto oltre la sua spalla, verso i pascoli dissestati. Gli appoggia una mano sul sedere, poi scivola con le dita dentro la tasca ed estrae il pacchetto di sigarette. Se ne accende una e gliela fuma in faccia. Lui sopporta senza arretrare di un millimetro, ma in quella guerra d'indifferenza il suo sguardo inizia a cedere, impercettibilmente, ma cede.

Il filtro bruciato cade per terra; Ginevra schiude le labbra e punta quelle di Damiano, un invito chiaro a entrare. Le fa ribrezzo, quel modo che ha di penetrarle la bocca con la lingua cercando la sua. Proprio per questo glielo lascia fare. Provare schifo per lui la fa sentire potente: lei prova schifo, mentre lui è devastato dal desiderio. Non riesce a credere che sia disposto a farsi umiliare così, che sia talmente schiacciato dai propri istinti da accettare che lei non provi niente, se non un leggero disprezzo. Damiano si curva in avanti, ansimando in maniera ridicola. Le mani maldestre le cercano il seno mentre la lingua le fruga sul palato.

Di solito lascia che lui le si strusci addosso; la diverte il volto che si contrae nella smorfia di un pesce morto, e poi, dopo un piccolo gemito, che lui si scosti con l'aria da uomo vissuto tornando a fare lo sbruffone. Questa volta non le basta. Gli stacca le mani dal seno una a una, poi gli prende la cerniera dei pantaloni. Glieli abbassa a mezza coscia e lo guarda in quegli occhi che muoiono nell'attesa di qualcosa che nemmeno le sue più rosee speranze avevano osato prevedere. Il palmo contro il petto, lo scansa di qualche centimetro. Gli tira giù le mutande, e vederlo così, tutto contratto, la fa sentire ancora più forte. C'è un invisibile sorriso sul suo volto mentre inizia a stringere, a scorrere, impedendogli di baciarla, ma guardandolo in faccia. Non vuole perdersi una sola sfumatura di quella resa a lei, di quella prostrazione. Dopo un sospiro trattenuto lui si è già rivestito, come se niente fosse. Ginevra gli sfrega la mano sulla maglietta, per pulirsi, poi si allontana a passo deciso. Lui la insegue e la chiama, irritato senza sapere perché. La blocca per un polso e la costringe a voltarsi, ma l'espressione di lei è talmente ferma, talmente superiore che Damiano copre il senso di sconfitta con una risata strafottente. Poi la supera, arrivando dagli altri per primo.

Fabio e Mara stanno seduti contro il muro senza parlarsi. Ginevra devia verso la campagna. Mara la raggiunge di corsa, ma si ferma a un metro da lei, scrutandola di sbieco, per capire.

«Guarda quelle mani. Te le devo rifà» dice.

Ginevra scoppia a ridere. «Coremo, invece. C'ho voglia de core.»

Le gambe iniziano a girare sempre più veloci, puntano verso la barriera dei palazzoni in fondo che restano piccoli, mentre la terra secca, i sassi, le chiazze improvvise di erba grigia le scorrono intorno, per metri e metri e metri che pare non debbano finire mai.

Vanda rientra, aveva lasciato la porta socchiusa; tra le mani il contenitore vuoto della cena che ha portato a Ingrid, la vicina. Lava il contenitore, spegne il fuoco e mette a tavola la pentola fumante. Col mestolo versa i tortellini nei due piatti.

«Il brodo, ma'? Fa caldo.»

Vanda si siede e soffia sul liquido senza ribattere, lasciando intendere di avere altro per la testa. Col cucchiaio fa rotolare un tortellino da una parte all'altra del bordo.

«Me dici qualcosa della scuola, o no?» Vorrebbe porsi in modo amichevole, ma il tono tradisce insofferenza. La scruta, severa. «Come te la sei fatta quella coda? Domani te pettino io.»

Ginevra si stringe nelle spalle. «Ma no, ma', stamattina era a posto. Stai tranquilla, stavo bene.»

Vanda annuisce più volte in un gesto meccanico, autoconsolatorio. Sente verso la figlia una responsabilità specifica. Lei è sempre stata bruttina, suo padre glielo diceva in continuazione: che non si aspettasse granché dalla vita. Ha concepito Ginevra nell'ufficio dello stabilimento in cui lavava i pavimenti, con un operaio che nemmeno conosceva il suo nome e con il quale, alla fine, era dovuta restare. Un momento anonimo, consumato nel buio di un pianerottolo per spezzare il grigiore di quelle sue giornate, iniziate alle cinque del mattino e passate piegata in due sui pavimenti della fabbrica, e che invece aveva finito per imprigionarla per sempre.

Se il corpo di Vanda l'aveva condannata all'infelicità e alla miseria, quello di Ginevra prometteva di elevarla a qualcosa di più. Sembrava che qualcuno, lassù, ne avesse composto la sequenza in base a un disegno preciso. I suoi contorni sontuosi parlavano di una vita migliore, forse addirittura di felicità. Pareva fatto apposta per sedurre, per conquistare, per ottenere qualunque cosa avesse voluto, non certo per restare segnato dalla fatica e dalle privazioni. Il mondo era per quelle come lei, e gli uomini, quelli veri, perdevano la testa, erano pronti a qualsiasi cosa. Ginevra avrebbe ottenuto ciò che Vanda non aveva avuto mai: rispetto, agiatezza, perfino amore. Tutto stava ad andar via da quel buco spaziotemporale che è la torre, allontanarsi da quella vita e da quelle persone. Prima che l'invischiassero e le deformassero l'anima, prima che fosse troppo tardi.

Vista così, di tre quarti, mentre incantata guarda lo schermo su cui passa la pubblicità di un gelato, Ginevra è tale e quale a quando aveva tre anni e trascorreva i pomeriggi davanti ai cartoni animati. Vanda la osserva grattarsi la testa distrattamente. Ha le dita macchiate di smalto, le unghie coperte di una melma incrostata metà viola e metà bianca. Si avvicina adagio e le afferra la mano.

«Che è 'sto schifo?» sussurra, sconvolta.

Ginevra sfila la mano e se la nasconde sotto la coscia, mentre con l'altra ricomincia a mangiare. «Niente, ma'. Me sò dovuta alzare mentre Mara finiva. Dopo torno da lei. Ha detto che me le rifà.»

Vanda afferra il telecomando e spegne la tivù. «Me devi dì 'na cosa, Gine'.»

Ginevra prende il tovagliolo e si pulisce meticolosamente gli angoli della bocca. La guarda impassibile, molle come una bambola di pezza.

«A scuola tua, le ragazze, come ce l'hanno l'unghie?»

Il polpastrello di Ginevra indugia sullo smalto ruvido. Pensa a Mara mentre lavorava, come in trance. «Non lo so, ma'» sussurra, «non le ho guardate.»

Vanda raggiunge la credenza. In punta di piedi apre lo sportello in alto sopra i fornelli. Ne tira giù una scatola di latta e torna a sedersi a tavola. Estrae dalla scatola una busta di tabacco e una cartina stropicciata, che spiana passandoci sopra le dita tese, attenta a non romperla con le unghie lunghe, quasi ricurve, laccate di rosso.

«Gine'. Stamme a sentì.» Sistema dei mucchietti di tabacco al centro della cartina e poi li spinge uno verso l'altro con il polpastrello. «Tu, le ragazze di classe tua, le devi guardare. Le devi guardare, e poi devi fà come loro.»

Ginevra posa il cucchiaio sul bordo del piatto e si versa un bicchiere d'acqua. Quando incrocia lo sguardo della madre emette uno sbuffo sarcastico, come a non potersi trattenere.

Vanda scatta in piedi, spazientita. «A me non me devi guardà così. Hai capito? Non te permette.» Si sforza di non urlare, ma la voce è roca, come se, trattenuta in bocca, fosse poi implosa, corrodendole la gola. «Adesso vai a dormì, cammina. I vestiti pe' domani te li scelgo io» sentenzia, e inizia a sparecchiare con una mano sola, mentre l'altra tiene la sigaretta.

Ginevra si alza in piedi, lentamente. «Ma non dovevi smette de fumà?»

Vanda le rivolge un cenno stizzito, gli occhi fermi sui piatti che porta. «Sei te che me fai ricomincià.»

Aspetta di sentire il tonfo della porta della camera di Ginevra che si chiude. Si siede e allunga i piedi sulla sedia di fronte, determinata a rilassarsi. Sua figlia la farà diventare matta, lo sa. È ostinata, testarda. Sono qualità importanti, a patto di saperle indirizzare nella giusta direzione, e lei deve lavorare ancora sodo perché Ginevra capisca qual è il suo bene, perché non sprechi ciò che la natura ha voluto regalarle. Come con la storia delle fotografie.

Vanda era davvero convinta che potesse lavorare come modella. Se ne sarebbe andata via giovanissima, prima ancora che la miseria plasmasse la sua essenza, come aveva fatto con lei. Il Poeta conosceva molti artisti come lui, persone che avrebbero potuto farla lavorare, allontanarla dalla torre. Vanda studiava le acconciature e il trucco sulle copertine dei settimanali e cercava di riprodurli sulla figlia. Quando arrivavano da lui, lo osservava per vedere la sua reazione. A un certo punto, però, Ginevra si era rifiutata di continuare. La casa del Poeta faceva schifo, aveva detto, puzzava, e lei non ci sarebbe tornata più. Aveva dodici anni e un piglio autoritario da far invidia a un adulto. Vanda si era messa a piangere, non capiva come potesse non rendersi conto dell'occasione che aveva. Quel bastardo, comunque, non le aveva nemmeno fatto vedere le foto. Continuava a promettere che sarebbero arrivate, diceva che doveva selezionarle, lavorarle, che ci voleva tempo. Invece, poche settimane dopo, era arrivata una volante e se l'era portato via, e nessuno ne aveva più saputo niente. Per Vanda era stato come risvegliarsi da un sogno. Si era sentita stupida ad aver creduto che qualcuno, lì alla torre, potesse significare salvezza. Era stato allora che aveva capito che tutto dipendeva da lei. Doveva essere lei a trovare la strada perché a Ginevra venisse resa giustizia, per portarla via da lì.

Inizia ad aspirare boccate più lunghe fissando i piatti sporchi impilati sul bordo del lavello. La tovaglia è cosparsa di una pioggia di formaggio grattugiato. Sente le mani formicolare ma cerca di resistere, di restare ferma ad assaporare il fumo e basta. È una specie di sfida. Vanda non tollera la sporcizia, e quella tavola ricoperta di briciole, quei piatti unti e incrostati di cibo le provocano un fastidio fisico, una nausea quasi invalidante. Questa insofferenza la condiziona ogni giorno: è nata schiava. Certe cose ti permeano dentro, fanno parte del tuo sangue e sono impossibili da rimuovere. È sempre stata incapace di concedersi perfino un piacere minimo come quello di restare seduta a non far niente per cinque minuti. Allora lotta contro sé stessa, si costringe a fumare adagio, coi piedi abbandonati e molli sulla sedia. Poi, sconfitta, ritrae il piede e afferra compulsivamente un tovagliolo di carta dal tavolo, con cui si mette a strofinare il punto della sedia su cui era poggiato il calcagno.

Come sopraffatta, poco a poco si arrende del tutto. Spegne la sigaretta con cura, s'infila il grembiule e i guanti di gomma, avvolta da una calma cedevole. Sotto il lavandino prende lo spray e lo straccio. Finisce di sparecchiare, lava i piatti, pulisce il ripiano e il lavello. Spazza e lava il pavimento, il tutto con una foga addosso che le comprime i respiri, irrigidisce i movimenti. E anche se per quanto strofini la stanza resta identica a prima, uno spazio angusto e squallido con pochi mobili essenziali, messi insieme senza alcun criterio estetico, quando finisce è sollevata. Si siede e riaccende quel che resta della sigaretta. Si toglie gli stivali e incrocia le gambe sulla sedia, finalmente a suo agio. La cucina è pulita e ordinata, ogni cosa ha un odore sterile.

Ormai è notte fonda. Sul muro, in alto sopra il lavello, l'intonaco cade a pezzi per via della varechina che usa una volta a settimana. È l'unico rimedio contro la muffa, dovuta all'infiltrazione che ammorba l'intero palazzo. Vanda ogni domenica mattina ci si accanisce con una pezza imbevuta, per togliere l'alone scuro appena ricompare, prima che diventi netto ed esteso com'era quando si è trasferita lì con la sua famiglia e la macchia invadeva mezza parete, conferendo alla stanza un'ineluttabile aria di miseria.

Oltre la finestra la notte ha cancellato in un colpo netto il paesaggio, di cui non resta che una distesa oscura; a osservarla adesso, lasciando vagare la mente, ci si potrebbe perfino convincere di trovarsi davanti al mare notturno. Ma Vanda siede spalle alla finestra, e scruta il muro di fronte a sé, proprio nell'angolo in alto, dove sottile e ancora invisibile inizia a depositarsi l'umidità.

3

Ginevra avanza lungo lo stradone deserto, tra due file di palazzoni massicci e fragili come grosse scatole di cartone. L'aria è immobile, dall'asfalto fradicio si solleva un vapore maleodorante. Di tanto in tanto, nel silenzio passa un'auto, poi scompare nel mezzogiorno desolato. L'autobus non arrivava, così ha deciso di andare a piedi. L'ha fatto mille volte, ma oggi ha la sensazione che non arriverà mai. Cammina eppure è ferma, come se la strada la inglobasse a ogni passo, vanificando i suoi sforzi.

Invece arriva, a un certo punto.

"Scarlizzi": sul rettangolo metallico del citofono il nome è scritto a penna in bella grafia, rivestito da una plastica trasparente. Di tutto l'elenco degli inquilini del palazzo, è l'unico leggibile. È stata lei a risolvere il problema, qualche mese fa, quando il nome mancava ed era un continuo citofonare di fattorini e postini che chiedevano di questo o quel condomino. Preme il pulsante ed entra. Attraversato l'androne, scende gli scalini e apre la porta con le chiavi.

Il solito odore le sbatte addosso; ha cambiato la fragranza di tutti i detersivi, ha lavato tende, coperte e copridivani, ma ogni volta che torna è ancora lì. Ormai ha capito che non sono le case ad avere un odore, ma le persone che ci abitano. Più esattamente, si è convinta che il sentore che una persona imprime alla propria casa sia direttamente proporzionale alla vicinanza di quella persona alla morte. L'odore che c'è alla torre, ad esempio, non dipende dalle infiltrazioni, né dalla mancanza di pulizia, ma dalla rassegnazione dei suoi abitanti, dalla loro ignoranza, dall'accidia dipinta sui loro volti. Quelle persone si trovano molto vicino alla morte. Lo stesso succede a casa di suo padre. Per quanto lei si accanisca con detersivi al profumo di primavera e lavanda, ogni volta che torna c'è solo puzza di morte.

Le tapparelle sono abbassate di tre quarti. Ginevra tira su quella del soggiorno e spalanca i vetri del finestrotto, lasciando entrare il rombo di un camion di passaggio in strada, le gomme che sfrecciano all'altezza della sua testa. Raggiunge la camera da letto. Suo padre è sdraiato, le braccia incrociate sul petto, un piede sul materasso e l'altro sul pavimento. Indossa il pigiama e i calzettoni di spugna. Sentendola entrare, apre gli occhi. Ruota verso di lei il viso giallognolo, coperto da uno strato disomogeneo di barba.

«Tesoro» dice con un filo di voce, «che ci fai qui?» Si tira su di qualche centimetro, cercando senza convinzione di darsi un tono. «Scusa, ma non mi sento tanto bene. Mi gira un po' la testa.» Socchiude gli occhi e si sfiora la fronte in un gesto teatrale. Nella penombra della stanza sembra un vecchio, pallido e con le guance coperte di peli bianchi. Pensare che quando lei era piccola passava otto ore al giorno nei cantieri stradali, era l'incarnazione della forza.

Ginevra prende il bicchiere dal comodino e va in cucina. Il lavello è stracolmo di piatti, bicchieri e posate, una mosca sorvola il tavolo invaso dagli avanzi. Spalanca la finestra e prende dallo scaffale il barattolo degli integratori. Riempie il bicchiere d'acqua e torna in camera da letto.

Suo padre si solleva adagio fino a mettersi a sedere. Ingoia le pastiglie che Ginevra gli porge e beve un lungo sorso.

«Dici che potrebbe essere grave?» sussurra con voce impastata, guardandola implorante.

«È solo il caldo, papà. Con queste starai meglio.» Ha un tono calmo, rassicurante, ma stizzita gira la testa lontano da lui. Gli prende il bicchiere dalle mani e lo appoggia sul comodino ingombro di ricette mediche, scatole, blister. «Perché non provi ad alzarti un po'?» Lo afferra per il braccio, tirandolo appena.

«Lo sai che è una buona idea?»

Suo padre si appoggia a lei e si alza adagio, lamentandosi per il dolore al piede. È stata Ginevra ad accompagnarlo al pronto soccorso, la settimana scorsa. Si contorceva per quell'improvvisa fitta sotto la pianta che, ne era certo, avrebbe portato all'amputazione. I medici ormai lo conoscono, lo chiamano per nome. Gli hanno messo una fasciatura e gli hanno dato due dita di succo di mirtillo, come si fa coi bambini. Poi l'hanno rispedito a casa.

Ginevra sorregge suo padre di peso fino al salotto. È piccola, ma forte. Lui invece è solo ossa; l'imponente massa muscolare di qualche anno fa è solo un ricordo. Lo aiuta a sedersi su una poltrona e gli porge un libro scelto a caso dalla libreria. Lui lo prende e inizia a sventolarsi.

«Certo che fa caldo» dice con voce lamentosa.

Ginevra va in cucina e inizia a lavare i piatti. Mette via la spazzatura, strofina i pavimenti, disinfetta le superfici. Due ore più tardi si siede sul divano accanto a lui, fissando la carta da parati che pende ai bordi del soffitto.

Quella casa era di sua nonna. Da piccola ci andavano a pranzo tutte le domeniche. Le piaceva perché c'era sempre profumo di cibo e sapone al sandalo.

Quando la nonna era morta, Vanda le aveva detto che suo padre si sarebbe trasferito lì, anche se affittare il seminterrato avrebbe fatto comodo. È per questo che ci aveva pensato tanto, prima di cacciarlo di casa. Ma alla fine aveva concluso che quella con Marcello non era una vita. A trent'anni era diventata la badante di suo marito, che voleva di continuo essere portato in ospedale per qualche dolore immaginario. Non lavorava più, ciondolava tutto il giorno. Così, oltre a lavorare e a occuparsi della figlia e della casa, Vanda doveva mantenerlo, curarlo, calmare le sue crisi. Se almeno se ne fosse andato, ci avrebbe pensato il tribunale a restituirle qualche brandello di speranza. Vanda diceva che loro due da sole ce l'avrebbero fatta. Dopo tante sentenze, il giudice aveva deciso di assegnarle la vecchia Fiesta di Marcello, perché lui non poteva passarle nient'altro. Vanda l'aveva preso subito per un segno del destino. Si era messa a piangere in aula. Non perché fosse di più, né di meno di quanto si aspettasse, ma perché ciò dava un significato specifico alla decisione di separarsi da lui, rinunciando così ai trecento euro in più che l'affitto della casa della suocera avrebbero potuto rendere. Era sicura che la sentenza del tribunale desse alla vicenda un senso preciso, e a lei il potere di allontanare Ginevra dalla torre. Sarebbe iniziato così, il suo cammino verso la salvezza.

Ginevra osserva il grigiore sul volto del padre, prosciugato dal sole dei cantieri, marcito nell'aria chiusa del seminterrato invaso dallo smog. Nonostante tutto, a guardarlo da vicino mentre dorme, s'intuisce che è molto più giovane di quanto sembri. Ora che i muscoli del volto sono distesi nel sonno, le sembra addirittura di riconoscere i lineamenti del bambino che è stato, come se le nevrosi dell'adulto fossero cadute, lasciando scoperta l'essenza, la fragilità dell'essere umano senza età e senza più storia. Davanti alla gola ispida che si solleva e si ritira a ogni respiro prova una tenerezza, una compassione che la mettono a disagio. Torna in fretta a lavorare. Mette in ordine la stanza, raccoglie vestiti, spolvera la credenza. Si muove sommessamente nel silenzio incrinato dal sibilo intermittente del respiro di suo padre, lento e rauco come quello di un malato terminale.

Poggiati i sacchi di spazzatura vicino alla porta, lava le piastrelle del bagno e scrosta la striscia di calcare lungo la ceramica del lavello, dovuta alla perdita del rubinetto che non è riuscita a riparare; deve farsi spiegare da Fabio come fare. Quando ha finito, l'idea di dover salutare suo padre prima di andar via, di vedere ancora quel corpo accasciato sul divano in attesa del sollievo della morte, di sentire l'odore acidulo che emana la sua pelle, le fa girare la testa. Vorrebbe chiudersi la porta alle spalle, salire le scale e ritrovarsi per strada, all'aria aperta. Inspira a fondo, poi percorre il corridoio a passi cauti, fino al salone, il cuore in gola per il timore di svegliarlo. Non si sente nulla. Aspetta che il passaggio delle auto si plachi e si avvicina ancora un po'. All'interno della stanza riecheggiano solo i suoni della strada: nessun sibilo, nessun segno della presenza di suo padre. Si sporge oltre la porta e allora lo vede, il capo sollevato, gli occhi che fissano il vuoto. Una massa di materia organica accatastata in un angolo del salone. Senza più esitazioni si allontana a passo deciso, non si preoccupa nemmeno più di fare rumore. Apre la porta di casa, prende i sacchi di spazzatura ed esce. Mentre percorre l'androne avida dell'aria di fuori, le pare di sentire, debolissima e tremula, la voce di suo padre chiamare il suo nome.

Ginevra scende le scale più veloce che può, per paura che la puzza di fogna le si attacchi addosso. Vanda ha preteso che si mettesse la gonna, e lei non ha avuto la prontezza di ribattere che nessuna delle sue compagne, in questi primi giorni, la indossava. Ha appena superato il sesto piano quando sulla porta del sessantadue appare Fabio. Indossa un paio di pantaloncini, sul petto pallido e magro spunta qualche pelo scuro.

«'Ndo vai tutta acchittata alle sette de mattina?»

«A scola, 'ndo voi che vado.»

Fabio si passa le dita tra i capelli folti, spingendoli indietro. «Quindi è vero. Continui.»

Sperava fossero solo voci. Non credeva che lei potesse nascondergli una cosa così.

Ginevra scende un altro scalino, come per evadere il discorso. «Poi te spiego. Famme annà, che mi' madre m'aspetta.»

Fabio entra in casa senza dire nulla e torna subito dopo, infilandosi una maglietta. Lenta e silenziosa, alle sue spalle compare Diana, una donnina dai capelli rossi e la pelle appena increspata, gli occhi così chiari da sembrare bianchi.

«Esci?» gli sussurra, il volto travolto dall'ansia.

Lui si gira verso di lei e risponde paziente: «Torno subito». Richiude la porta. «T'accompagno giù» dice a Ginevra.

Iniziano a scendere le scale l'uno accanto all'altra, i passi sincronizzati.

«Mi' madre m'ha iscritto al liceo. In città» dice Ginevra all'improvviso, come per liberarsi di un peso insopportabile.

Fabio sorride appena. «Quindi, se non te capisco più, vuol dire che stai a parlà in latino.»

Ginevra lo guarda negli occhi tentando di quantificare il suo disappunto. «E te?» lo provoca, cercando di soffocare la rabbia. «Che pensi de fà, invece, te?» Con uno scatto quasi impercettibile della testa accenna alla torre che li sovrasta, come a una profezia oscura che li riguarda entrambi.

Fabio alza le spalle. «Io? Niente. Che devo fà, io?»

Hanno raggiunto l'androne, stanno fermi sul portone d'ingresso.

«Più tardi vedo un paio de amici. Pe' un lavoro» conclude lui guardando davanti a sé, verso lo slargo.

Ginevra lo scruta attentamente, in un modo severo che ha un che di materno. «Che hai deciso, de annà a trovà tu' padre?»

Fabio scatta. «Lascialo stà, mi' padre. Sta bene dove sta. È pe' un lavoro, t'ho detto.»

Ogni volta che è costretto a nominare suo padre, Fabio strizza gli occhi, un movimento involontario, appena accennato. Ginevra si è sempre chiesta se fosse per la vergogna o per la rabbia, oppure per il fatto di amarlo, di quell'amore subdolo che non si può fare a meno di sentire per un padre in ogni caso. Solo adesso, in piedi sul portone, si rende conto che il motivo ha a che fare con l'ombra di quella profezia, di un futuro che rischia di essere già scritto a meno di opporvisi con tutte le proprie forze.

Sul piazzale, una cortina di nebbia impedisce di vedere più in là di un passo. Restano fermi in quella nube opaca senza dirsi nulla, abituati come sono a sostare insieme in un tempo vuoto, senza scopo. Per lunghi secondi ci si perdono dentro, finché il suono del clacson della Fiesta scarlatta fende la nebbia arrivando fino a loro.

Ginevra gli rivolge uno sguardo veloce, un ultimo contatto prima di mettersi a correre verso l'auto.

«Che vuole Fabio, da te?» Vanda quasi l'assale quando lo sportello si richiude. Poi parte con uno scatto brusco.

«Niente. M'ha accompagnato giù.»

«'O devi lascià perde, quello. Hai capito?»

«Ma chi? Fabio?» Ginevra è allibita. «Mamma, se po' sapé che voi? Semo cresciuti insieme, Fabio e io, e non hai mai avuto niente da ridire. Mo' manco più lui posso vedé?»

Vanda deglutisce vistosamente, il collo rigido. «Gine', non fà le stesse cazzate ch'ho fatto io. Cerca de ficcattelo bene in testa.»

L'auto avanza piano nella nebbia compatta. Vanda guida col collo teso; non si vede a un metro, va a memoria. Si ferma allo stop della rotatoria che circonda una chiazza d'erba invasa dalla spazzatura. Si volta verso Ginevra, sorridendo.

«Quanto sei carina stamattina, amo'. Pure se c'hai sempre 'sto muso. A scuola sorridi ogni tanto, sì? Ché le musone non piacciono a nessuno. Lo sai?»

Ginevra si gira verso il finestrino, ma sa che gli occhi di Vanda corrono sulle sue gambe, fino alla gonna corta, indagatori e compiaciuti insieme, come quel primo pomeriggio a casa del Poeta. Vanda diventava ogni giorno più disinvolta. Sorrideva e annuiva quando lui era soddisfatto, s'irrigidiva se lo vedeva inquieto, totalmente in balìa degli umori dell'artista. Se lui chiedeva a Ginevra di togliersi il maglioncino, Vanda si precipitava ad aiutarla per velocizzare l'operazione. A volte era lei stessa a proporre di scoprire una spalla, accorciare un orlo. Aveva un'aria orgogliosa, sembrava tenerci che il corpo di Ginevra venisse mostrato, che la sua bellezza risaltasse. Un pomeriggio, dopo la sessione di scatti, Vanda si fermò a parlare col Poeta. Ginevra dall'ingresso poteva vederlo, una mano in tasca e l'altra che roteava in aria mentre con un colpo secco del capo si scostava dal volto i capelli unti. Vanda pendeva dalle sue labbra, annuendo. La volta successiva, dopo averla accompagnata da lui, Vanda se ne andò. Disse qualcosa al Poeta e poi uscì dalla porta d'ingresso senza salutarla, senza nemmeno guardarla. Ginevra sentì la porta di casa che si richiudeva con uno scatto leggero, e dopo il silenzio. Lui la raggiunse. Le spiegò che era meglio che restassero soli, perché così sentiva meglio l'ispirazione. Disse che tra loro era necessaria una certa intimità: che dovevano essere una cosa sola. Per la prima volta le si era avvicinato, e per mostrarle come doveva mettersi le aveva toccato il braccio con le dita dalle unghie lerce. Ginevra aveva sentito quella puzza di fumo che pareva avesse addosso da anni. Aveva visto i denti neri, gli occhi venati di sangue. Lui le aveva scattato un paio di foto, poi si era avvicinato di nuovo. Le aveva fatto togliere altri indumenti, sfiorandole col dorso delle dita la pelle della schiena. La guardava estasiato, quasi sofferente, come se faticasse a contenere un'esplosione. Ginevra si vergognava, ma tutto finì abbastanza in fretta; dopo un paio di altri scatti lui le disse di rivestirsi e andarsene. Sua madre l'aspettava nell'ingresso di casa con la porta aperta. La riempì di domande. Voleva sapere soprattutto cosa lui avesse detto, quante foto le avesse scattato, se le fosse parso soddisfatto. Intanto la scrutava da capo a piedi, quasi per assicurarsi che fosse proprio come la ricordava.

Il peso di quegli sguardi le toglie l'aria.

La Fiesta prende velocità sulla rampa che s'immette sul raccordo. Nello specchietto, avvolta dalla massa compatta di nebbia, la torre è una lunga ombra grigiastra.

«Il padre de Fabio sta ancora al gabbio. Lo sai che ha fatto 'na rapina in banca, che ha quasi ammazzato 'na guardia?» Vanda tiene le braccia tese sul volante, gli occhi fissi, come se le avesse appena concesso una rivelazione.

«A ma', ma 'ndo credi che vivo, io? Non sto alla torre come te? Pensi che c'ho tre anni, ancora? Fabio è amico mio. Me dice tutto.»

Sul volto di Vanda si disegna un ghigno silenzioso, una specie di risata tetra e solitaria. Fa una lunga pausa, caricando l'attesa di dramma. «Dimme 'na cosa, amo'. Ma tu davvero non lo sai che gli fai, ai maschi?»

Ginevra socchiude gli occhi e desidera sparire. L'imbarazzo che prova per sua madre è insostenibile. Certe volte vorrebbe aiutarla a tacere, a coltivare dentro di sé un po' di dignità.

Le viene voglia di scendere dall'auto e mettersi a correre nella nebbia, così, senza motivo, tra le siringhe e i serpenti, verso il campo rom. Da piccole, lei e Mara si spingevano fin lì e spiavano gli zingari per giornate intere. Ginevra era entusiasta di quelle avventure, di quella gente che viveva così semplicemente, tutta insieme, in quello che le sembrava un villaggio degli gnomi. Quando Vanda lo scoprì, andò su tutte le furie. Non avrebbe dovuto mai più avvicinarsi, disse, avrebbero potuto prendersela e non ridargliela indietro. L'avrebbero fatta diventare una zingara come loro, gente che non ci prova nemmeno a vivere decentemente. Già allora, a Ginevra la prospettiva di mischiarsi ai rom non sembrava così terribile, ma in questo momento le pare addirittura attraente. Sarebbe libera, molto più libera di così.

L'auto sfila senza intoppi fino all'uscita. Vanda guida in silenzio, di tanto in tanto si guarda allo specchio contraendo le labbra, per controllare il rossetto. Quando il traffico la costringe a fermarsi, sfrega l'indice ai lati della bocca per rifinire il bordo. Compaiono le prime palazzine signorili, le corti verdeggianti, le persone ben vestite.

Ginevra ha la sensazione che ogni cosa le sia già più familiare. Nonostante l'assurdità del progetto che sua madre ha per lei, le sembra improvvisamente di riconoscere qualcosa di sé nel quartiere che si va delineando oltre il vetro, nei colori con cui sono stati dipinti i palazzi, negli sguardi degli studenti che si affrettano all'entrata. La torre, i suoi abitanti, l'intero mondo cui appartiene, in qualche modo sono già un pezzettino più lontani.

4

Sul retro della torre il sole è già basso, batte sul muro di cemento e lo surriscalda, tornando indietro amplificato. È un inizio ottobre che sembra ancora estate. Ginevra siede sulla terra secca, i gomiti poggiati sulle ginocchia piegate, le dita intrecciate a formare un ponte tra di esse. In mezzo ai suoi piedi la terra è spaccata a metà da una fessura profonda, invasa da centinaia di formiche; vi s'insinuano in file precise e ne escono alla rinfusa poco più avanti, con una frenesia che sembra destinata a non trovare sollievo.

Una decina di metri dietro le sue spalle, la schiena contro il muro caldo, Fabio fuma vicino alle inferriate arrugginite della finestra del laboratorio, uno stanzone abbandonato e pieno di macerie che nel progetto della torre era destinato a ospitare corsi d'artigianato. Di tanto in tanto raccoglie un sasso, lo lancia attraverso i vetri rotti e resta in ascolto dell'eco che proviene dall'interno della stanza. La figura di Ginevra, scura e curva in avanti, si staglia nella luce del pomeriggio di fronte alla distesa di sterpaglia che prosegue a perdita d'occhio, fino al confine dei palazzoni, là dove la città comincia. Se socchiude gli occhi per difenderli dal sole, Fabio percepisce tutta la vastità di quello spazio, avvertendo perfino una certa sensazione di libertà. Quando li riapre, il sole è già scomparso dietro la linea spezzata d'orizzonte.

«Insomma, questa scuola de ricchi te piace o no?» La voce di Fabio, resa rauca dal fumo, è quasi da uomo.

Ginevra non si muove e non si volta; se anche parlasse, le sue parole si disperderebbero nello spazio vuoto che ha davanti.

Fabio getta la sigaretta e va a sedersi accanto a lei. Ginevra canticchia un motivetto che lui non riconosce. «La scuola nuova, dico» insiste, «non s'è capito se te piace, o non te piace.»

Ginevra avvicina la suola dello stivale al formicaio, un buco nero e profondo. Fiutato il pericolo, come impazzite le formiche iniziano a entrare e uscire dalla tana, spezzando le file in un caos improvviso. Ginevra preme il tacco sul buco, chiudendolo completamente.

«Me piace» esclama con una voce chiara, insolitamente squillante.

Fabio inizia a schiacciare formiche una dopo l'altra con le scarpe da ginnastica. Ginevra lo guarda seria, poi scoppia a ridere.

«Ma che, me stai a prende in giro?» chiede lui, indifeso.

Ginevra torna seria e fissa un punto lontano, indefinito. «Non lo so se me piace o me fa schifo. La gente è diversa da noi. Magari però imparo qualcosa.»

Fabio sorride. «Sì, e magari poi vai pure all'università.»

Ginevra non raccoglie. Gli rivolge uno sguardo che è un'accusa precisa. «Almeno io ci provo.» Nel dirlo socchiude gli occhi, quasi minacciosa; la pelle attorno alle palpebre, tesa e levigata, rivela come una confessione improvvisa i suoi quattordici anni. Fabio darebbe qualsiasi cosa per vederla senza trucco, a piedi scalzi, in questo preciso momento. Ginevra quando non si sforza di essere qualcos'altro. A volte, di mattina presto, bussa alla sua porta con una scusa solo per vederla appena sveglia, quando è ancora assonnata.

«Mi vogliono buttare in mezzo a una cosa di lavoro» dice con una smorfia, come a voler togliere peso alla cosa.

«Che lavoro?»
«Robba de motori.»
Ginevra resta in silenzio. Fabio ha la sensazione che stia per fargli una delle sue prediche. All'improvviso, lei inizia ad abbassare lentamente la lampo degli stivali. Se ne sfila uno, poi l'altro. Si toglie le calze e appoggia i piedi nudi sulla terra.
«Ma che stai a fà! Che zingara!»
Come se nulla fosse, Ginevra si lancia la maglietta dietro le spalle. Un reggiseno viola fluorescente le schiaccia il seno bianco, così compatto da sembrare finto.
Fabio si volta dall'altra parte. «Che stai a fà?» ripete.
Si sente così stupido: darebbe qualsiasi cosa perché Ginevra facesse con lui quello che fa con Damiano, è arrivato quasi a detestarla perché lo priva di ciò che all'altro concede, e adesso, davanti al suo corpo, si ritrae.
Ginevra ride. «Mica te imbarazzi? Sei quasi mi' fratello!»
Fabio resta lì, inchiodato dal desiderio, gracile e leggero, mentre quella parola – fratello – dispersa da una raffica improvvisa, continua a rimbombargli in testa.
La rabbia gli monta dentro. Con uno scatto goffo e pieno di orgoglio le sale addosso, immobilizzando il corpo con il corpo. Spinge il bacino contro il fianco, le blocca i polsi con le mani. Il seno di lei, fuoriuscendo dal poliestere a pochi centimetri dal suo petto, inizia a sussultare piano, poi sempre più forte. Ride Ginevra, ride sotto i muscoli tesi di Fabio, e lui, pur sovrastando quel corpo inerme, è totalmente impotente, umiliato.
Si alza di scatto lasciandola lì, sola. Aspetta un suo richiamo, un segno qualunque di riappacificazione, ma alle sue spalle non arriva nulla. Quando si volta, Ginevra è ancora sdraiata, gli occhi chiusi, lontana. Il collo e il petto disegnano una chiazza bianca tra le ortiche e i sassi. Dietro di lei, il mostro di cemento non si nota quasi.
«Dài, vie' qua. Senti come se sta bene» dice calma.

Il piano di Fabio crolla in pochi secondi; la grinta che per un attimo ha provato gli si affloscia dentro, il desiderio torna ad annichilirlo. Lunghe e dinoccolate, le gambe gli si piegano e lui si accascia a terra vicino a lei, avendo cura di mantenere la giusta distanza.

«Vedi de non fà la fine de tu' padre, te» bisbiglia Ginevra, come se bastasse un sussurro per ricordargli quanto lui sa già, perché lei glielo ha raccomandato mille volte. Una raffica di vento si alza in quel momento, sollevando su di loro granelli di terra e polvere. Quando Ginevra fa così, Fabio capisce che a lui ci tiene; e proprio questa, lo sa, è la sua condanna.

Ginevra tira fuori dallo zaino il cartone del tè freddo, il pacchetto di biscotti e il fazzoletto giallo con le righe azzurre che ha preso di nascosto a sua madre, il più bello. Lo stende sulla griglia metallica delle scale antincendio, come una piccola tovaglia. Sotto i rettangoli di ferro, metri di aria vuota la separano all'asfalto del cortile. Al di là del parapetto, le cime degli alberi sono percorse da onde di vento; in lontananza, i vetri dei caseggiati emettono bagliori come piccoli fari. Dall'interno dell'edificio arrivano esplosioni di voci, il chiasso euforico della ricreazione.

In queste prime settimane di scuola ha trascorso qui ogni intervallo. Gli altri della classe l'hanno vista apparire e scomparire dall'aula come un fantasma. Sono passati dal rivolgerle sguardi vuoti, quasi che fosse priva di materia, nient'altro che una proiezione mentale di qualche loro paura, al fissarla con curiosità autentica. Per loro, abituati gli uni agli altri fin dalla nascita, Ginevra è un essere strano; ma essendo tutti intelligenti e ben educati – grazie ai corsi di inglese, le letture in biblioteca, le baby-sitter laureate che i genitori si sono assicurati di riservare loro – non la evitano, né la deridono; si mostrano invece, verso di lei, aperti e civili.

Mancano tre o quattro minuti alla fine dell'intervallo; Ginevra fa sempre attenzione a tornare nel momento esatto in cui la campanella sta per suonare, prima che qualcuno possa chiedersi che fine abbia fatto, ma quando il ritorno in aula già incombe su di loro, così che siano troppo presi da altro per far caso a lei.

Raccoglie gli incarti vuoti, ripiega con cura il fazzoletto e mette tutto nel sacchetto di plastica, che infila nello zaino. Sta per rientrare, quando vede la porta aprirsi lentamente e venire verso di lei con un tetro cigolio. È sicura che l'abbiano scoperta; sarà cacciata da scuola, e quella pagliacciata cui sua madre l'ha obbligata finirà. Fa perfino in tempo a rendersi conto che quella possibilità, l'idea di tornare indietro alla sua vita di prima, le provoca sentimenti che oscillano dall'euforia alla disperazione.

Sulla porta compare la faccia di Camilla, i cui occhi chiari, trafitti dalla luce esterna, diventano due chiazze abbaglianti. Camilla esita un po', come per pudore di aver scoperto quel suo mondo privato. All'improvviso avanza decisa verso il parapetto di ferro, mentre la porta si richiude alle sue spalle con un tonfo netto e ineluttabile. Ginevra resta di pietra a fissare la porta chiusa.

«Che spettacolo...» Camilla si sporge sulla sbarra di ferro scrutando il cortile sotto di loro.

«Sò contenta che te piace» ribatte Ginevra, ironica, «perché ce dobbiamo restà parecchio.»

Dall'interno dell'edificio arriva lo scampanellio prolungato della fine della ricreazione, e un susseguirsi pesante di passi e voci. Camilla si avvicina alla porta, e solo allora si accorge che da lì non c'è modo di aprirla. Guarda Ginevra senza scomporsi.

«Dobbiamo trovare un altro modo per entrare» dice calma, sporgendosi nuovamente dalla ringhiera. Nel cortile, le carrozzerie delle auto parcheggiate brillano al sole; la bidella porta fuori il carrello della spazzatura. Camilla passa in rassegna con lo sguardo le porte di emergenza che dalle scale antincendio accedono agli altri piani. Poi resta alcuni secondi a testa in su: al piano superiore, accanto alla porta chiusa come le altre, c'è una finestra aperta.

«Vieni, dobbiamo provare da là. Tu tienimi.» Camilla non ha ancora finito di parlare che inizia a correre su per i gradini. Sale con movimenti sgraziati, quasi mascolini, forse accentuati dagli abiti informi che contrastano con le linee delicatissime del viso, la pelle diafana e i lunghi capelli di velluto.

Ginevra la segue; raggiunto l'ultimo piano fa in tempo a vederla sollevarsi con le mani sulla ringhiera, fino a sedersi a cavallo su di essa. Senza nemmeno assicurarsi del suo arrivo, Camilla allunga una gamba sul vuoto, infila il piede nella finestra aperta e si tira su, restando per un momento in bilico sul nulla. Ginevra trattiene il fiato, per la paura di essere in ritardo. Si precipita ad afferrarle il braccio, e scoprendo con sollievo di essere in tempo, la sostiene con tutta la forza che ha. Ormai Camilla è in salvo; le gambe sono oltre la finestra, il busto scivola dentro.

Segue un silenzio che si protrae più del previsto. Ginevra è di nuovo sola. Si gira verso il paesaggio. Lassù il vento soffia più forte, e la città, il verde della campagna, ogni cosa è ancora più lontana. Dopo il tempo passato con Camilla, è piombata nella stessa solitudine di prima, quel vuoto in cui la mente si espande fin quasi a sfaldarsi. È anzi più sola ancora, adesso che, seppure solo per un attimo, non lo è stata più.

«Saranno già tutti in classe, sbrigati.» La voce di Camilla la fa sussultare. Quando si volta, la vede affacciata alla finestra, il braccio teso verso di lei. Camilla è tornata, mentre in aula, qualche piano più giù, la lezione sta iniziando.

«Oh, muoviti!» la incalza, severa.

Ginevra inspira a fondo, chiude gli occhi e si arrampica sulla ringhiera, sedendovisi a cavallo come aveva fatto l'altra. Ignorando le vertigini che le pungono le tempie, si sporge nel vuoto in direzione del braccio teso di Camilla, in un atto di folle fiducia. In quel momento, nella frazione di secondo in cui resta sospesa sul niente, cede alla tentazione di guardare giù l'asfalto, verso cui le sembra di precipitare a velocità massima. È nata e cresciuta a quell'altitudine, eppure non aveva mai provato una sensazione simile. Per qualche ragione che non deve entrarci con la fisica, alla torre non c'è percezione dell'altezza, come se non esistesse rischio di cadere. Forse è perché alla torre non si è niente, se non parte integrante del vuoto che la circonda. Si è scarti ammassati in verticale, rifiuti impilati in equilibrio.

Camilla le tiene saldamente il braccio mentre il piede ha già scavalcato il davanzale. Senza che se ne renda conto è dentro, spalle alla finestra, la testa che vortica all'impazzata. Camilla la fissa negli occhi, a pochi centimetri da lei.

«Come fai a farti la riga così dritta?» sussurra sfiorandole la palpebra col dito. Sono talmente vicine che può sentire il suo fiato profumato di gomma da masticare.

«Poi ti spiego» taglia corto Ginevra, afferrandola per il braccio. Iniziano a correre lungo il corridoio, giù per le scale e fino alla porta dell'aula, già pericolosamente chiusa. Si fermano ansimanti, il naso a un centimetro dal legno inciso di scritte d'amore. Si guardano, poi Camilla prende coraggio e bussa. Dall'interno si sente un invito a entrare, il tono controllato della Gervasi.

«Scusi, professoressa, c'era fila al bagno» spiega Ginevra con sguardo basso, che ostenta mortificazione.

«Sedete pure, care» risponde la donna dopo una pausa d'incertezza.

La classe è immersa nel silenzio, i compagni sono piegati sul quaderno degli esercizi. Ginevra raggiunge il proprio posto senza togliere gli occhi da Camilla. Sono le uniche a non sapere quale esercizio sia stato assegnato: sono rimaste indietro, loro due soltanto, mentre gli altri andavano avanti.

Vede Camilla tirare fuori il quaderno e sporgersi verso la compagna che ha a fianco, cercando di capire. La posa protesa e attenta, lo stesso sguardo concentrato degli altri: è tornata una di loro. In Camilla non c'è più traccia di lei, dell'avventura che hanno appena vissuto insieme. Ginevra, invece, già si sente un'altra, come se avesse compiuto un'incursione in un luogo sconosciuto, un mondo la cui esistenza neppure immaginava, e ne fosse rimasta trasformata per sempre.

«Ginevra, a te non interessa cosa stiamo facendo?» La Gervasi si è sfilata gli occhiali e le punta addosso uno sguardo sarcastico.

Ginevra si raccoglie composta, apre il quaderno e le rivolge un sorriso fintamente entusiasta. «Certo, professoressa, mi interessa moltissimo» scandisce in tono innaturale.

La donna la osserva dubbiosa, come cercando di capire se si stia prendendo gioco di lei. Poi annuisce e inforca gli occhiali, tornando soddisfatta ai compiti da correggere.

Camilla entra nel soggiorno in penombra. I vetri sono chiusi, le tende tirate. Sua madre ha una specie di ossessione, quando è a casa non fa che aggirarsi serrando porte e finestre. Camilla si sente soffocare, e appena può si precipita ad aprire tutto.

Paloma è inginocchiata sul pavimento del bagno, le mani nei guanti gialli infilate nella tazza del water.

«Signora è uscita. Da parrucchiere.»

Camilla torna in soggiorno e lascia cadere per terra zaino e giubbotto. Una finestra alla volta, inizia ad aprire le tende e i vetri. Compare il pavimento in cotto del terrazzo, il tavolo in ferro battuto, i vasi stracolmi di lavanda, gerani e orchidee. Il sole invade la stanza.

«Cami, c'è lasagna. Scaldo?» I piccoli occhi neri la fissano speranzosi da sotto la cuffietta bianca.

Camilla ne afferra il bordo. «Perché non ti togli questa roba? Di' a mia madre che se la metta lei.»

È sul punto di tirarla via, ma si ferma per paura di offendere Paloma. Si avvicina al suo corpo largo e tozzo e le appoggia la testa sulla spalla. La donna le accarezza i capelli.

«Vuoi mangiare fuori? Dài, porto in terrazza» le dice con tono affettuoso, poi rientra in casa svelta, mentre Camilla si abbandona sul dondolo e si lascia cullare avanti e indietro, avanti e indietro.

«Pronto, papà?» Lascia cadere la forchetta sul tavolo, mentre Paloma le appoggia il telefono all'orecchio e prende il piatto sporco. «Quando torni?» Camilla gioca con il bicchiere, i gesti improvvisamente infantili. «Però quando vieni facciamo una partita a scacchi...»

Paloma si è fermata sulla porta finestra. La osserva, il piatto sporco in mano.

«Non lo so dov'è. Qui non c'è» taglia corto Camilla.

«Signora parrucchiere» suggerisce Paloma prima di rientrare in casa.

«Sarà dal parrucchiere, dove vuoi che stia.» Si alza in piedi. «Comunque, papi, più tardi vado al ponte. Sì, con le solite amiche. Ci vediamo stasera.»

Posa il telefono sulla tovaglia e torna a sedersi sul dondolo, Paloma le porta un piatto su cui ha disposto quattro spicchi di mela. «Prima studiare. Poi uscire.»

«Ti siedi un po' qui, vicino a me?» le chiede Camilla con un tono implorante.

Paloma si siede accanto a lei e le cinge le spalle con il braccio. «Amore fa soffrire?»

Camilla sprofonda il viso nel grembiule mentre l'altra le batte con affetto la mano tra le scapole.

«Per amore, meglio aspettare.» La stringe più forte, poi si alza in piedi. «Adesso mangi la mela, poi studi. Su.»

Camilla la guarda allontanarsi e scomparire nel rettangolo scuro della porta finestra, incorniciato dai rami rigogliosi del rincospermo. Dà un morso a uno spicchio di mela e lo abbandona sul piatto insieme agli altri. Rientrata in casa, si assicura che Paloma sia in cucina, poi va a chiudersi in bagno. Si guarda allo specchio. Ha il volto levigato e pingue di una bambina, gli occhi grandi. "Occhioni": così le dicono tutti. La odia quella parola, che fa pensare a un neonato, al suo stupore per la vita. Lei li vorrebbe sottili, feroci, pieni di consapevolezza.

Apre il cassetto di sua madre e dal borsello dei trucchi tira fuori la matita nera. La passa lungo la palpebra inferiore, sforzandosi di non reagire al solletico insopportabile. Quando si guarda, sembra già un'altra: ha lo sguardo profondo, ammaliante di una strega. Preme gli indici sulle tempie e tira indietro, gli occhi si allungano, diventano due fessure impenetrabili. Se potesse cambiare la sua faccia, la vorrebbe così. Prende di nuovo la matita e ripassa il bordo della palpebra superiore. La vuole come quella di Ginevra, dritta e perfetta: vuole il suo sguardo che brucia. Lo sa benissimo che cosa ci fa, Ginevra, coi maschi. Lo si capisce da come si muove, da come cammina tra loro. Passa per i corridoi senza guardare nessuno, e nessuno la guarda apertamente, eppure tutti la *vedono*. Riesce a immaginarla con uno di loro; lui che le infila le mani dappertutto, lei che non chiude mai gli occhi.

Camilla non ne sarebbe capace. Proverebbe fastidio, vergogna. Vivrebbe quelle mani come intrusioni nel suo piccolo mondo inutile, e le allontanerebbe. Con un gesto deciso traccia una riga netta sulla palpebra. Viene fuori una striscia traballante e troppo spessa; l'occhio, così impiastricciato, le conferisce un'aria patetica. Versa un po' di latte detergente su un pezzo di carta igienica e cerca di pulire tutto, premendo così forte da farsi male.

Ma per quanta energia ci metta, intorno agli occhi resta un alone scuro che la fa assomigliare a una prostituta. Una di quelle che, insieme a suo padre, incrocia ogni mattina quando passano in macchina sotto il cavalcavia, e che entrambi fingono di non vedere mentre il disagio tra loro si solidifica, rendendo l'aria irrespirabile. Il sesso è una zona d'ombra che li divide. Si domanda cosa succederebbe se andasse a scuola così, con quella sfumatura sul volto. Forse i ragazzi si accorgerebbero di lei. Imbeve un cotton fioc nel latte detergente e se lo passa tra le ciglia, preoccupata di non riuscire a rimuovere il trucco. Quando finisce, i suoi occhi sono tornati quelli di sempre.

La casa è silenziosa, si sentono solo i rumori di Paloma che traffica in cucina. Camilla esce dal bagno e s'infila nella camera dei genitori. Il sole filtra attraverso le tende disegnando onde di luce sui muri e sul pavimento; il profumo di suo padre è dappertutto. Si tuffa sul letto coperto dal piumino setoso, ci fa scorrere le mani sopra. Si sdraia sulla schiena e si appoggia le mani sul petto, sondando il gonfiore appena accennato del seno. Lo trova innaturale, quel vuoto che ancora le riempie le mani. Lei si sente una donna, e le donne hanno il seno. Se si concentra, però, ha la certezza che qualcosa sia cambiato rispetto al giorno prima, che la sporgenza sia impercettibilmente più accentuata.

L'enorme specchio che ricopre l'armadio inquadra il suo corpo sdraiato sul letto. Vi immagina il riflesso di sua madre, nella stessa posizione, dalla stessa parte del letto, il seno che straborda di lato dalla sottoveste di seta. Accanto a lei riesce a vedere suo padre, in boxer, a petto nudo, il torace ampio e muscoloso illuminato dal sole del primo pomeriggio; con un gesto deciso ma delicato delle dita, sposta la spallina di seta verde della sottoveste di sua madre e si riempie il palmo del suo seno. Una fitta di nausea la costringe a voltarsi. Si rannicchia in posizione fetale, per poter contenere lo stomaco in attesa che passi.

Si alza e fa scorrere l'anta dell'armadio, che rivela una sfilza di abiti riposti in ordine maniacale, dal più corto al più lungo, per sfumature di colore. Tira fuori la stampella su cui è appeso quello rosso, lungo e scollato, e se l'avvicina al corpo. Un giorno non lontano sarà in grado di riempire un abito come quello. Sarà così seducente che nessun maschio potrà fare a meno di guardarla. Saprà muoversi nel modo giusto, sarà a suo agio con quelle forme da donna. Quel giorno, sua madre sarà vecchia e decrepita, con la pelle raggrinzita e i capelli di quel biondo sbiadito che serve a nascondere il bianco. Suo padre non la vorrà più, non la toccherà più. Sarà proprio lui a portarle i vestiti. Eleonora resterà in camera sua, seduta sul letto con gli occhi al pavimento, mentre lui andrà da Camilla coi vestiti tra le mani e le dirà: "Tieni, a mamma non servono più, adesso sei tu la mia unica regina".

Alle cinque meno cinque Camilla supera l'arco maestoso attraverso il quale si accede al ponte, una costruzione storica dove si affollano i ragazzi del quartiere. Sotto di lei, la superficie del fiume scintilla al sole ostentando il riflesso di un'antica e superba bellezza, ma il fondale è torbido, marrone. Si siede sul parapetto nel vento caldo, ultima eco dell'estate passata, e osserva il fiume che avanza, sospesa tra la meraviglia per la massa d'acqua che serpeggia nel verde e il disgusto per il degrado dei bordi, abbandonate a sé stesse tra erbacce, sporcizia e accampamenti di fortuna. Sta fissando rapita il barbone che riordina i cartoni con cui ha composto una baracca, qualche metro sotto di lei, quando si sente chiamare. Olivia Miraldi e Matilde Serafini sono comparse sotto l'arco, strette l'una all'altra: stessa pettinatura, stesse scarpe, stesso imbarazzo di essere al mondo.

«Olivia ti deve dire una cosa» dice Matilde, impaziente. L'espressione del viso non promette niente di buono.

«Ho visto Matteo» comincia l'altra, solenne. «Sotto casa sua. Passavo di lì e l'ho visto scendere dal motorino. Stava insieme alla bionda, quella di quarta. Erano molto vicini. Insomma, si capiva che...»

Nel lasciare intendere quel che intende – qualcosa che si suppone debba ferire Camilla –, gli occhi di Olivia si accendono di uno scintillio famelico. Parla come se non potesse evitarlo, come se fosse costretta a riferirle quelle cose nonostante il dolore che le arrecheranno.

«E cosa vuoi che cambi? Non sa nemmeno che esisto» si difende Camilla, racimolando dignità. Ma lo sforzo rende la voce artificiale, i movimenti goffi. Non è quanto le hanno raccontato a turbarla, ma il ruolo di vittima che vogliono affibbiarle.

«Perché dici così, Cami? Tu ci devi provare, non devi arrenderti» la incoraggia falsamente Matilde.

«Ma figurati. Matteo è più grande, più bello, e non mi vede nemmeno. Mi piace, sì, ma pazienza.»

Olivia e Matilde si scambiano uno sguardo di delusione. Non hanno un briciolo di empatia per Camilla, perché loro sono immuni all'umiliazione del rifiuto. Più furbe, più scaltre, s'interessano soltanto di chi mostra attenzione per loro. E la vulnerabilità di Camilla, quell'esporsi consapevole ai colpi inferti dalla vita, le incanta e le aizza allo stesso tempo. Sono predatori affamati, le guida l'istinto di testare quanto a fondo gli artigli possano arrivare.

Ma la vittima pare morta prima ancora che possano darle il colpo di grazia. Così, annoiate, restano a contemplarne la carcassa in attesa di divorarla.

«Ma tu, con lui, che ci faresti?» azzarda Olivia, ritrovando un accenno di slancio.

Camilla vaga con lo sguardo sul fiume, in cerca di una via di fuga.

«E la coatta?» Matilde ride, sguaiata. «Hai visto come si veste? Te la immagini fare roba con un ragazzo?» Risate schiamazzanti riecheggiano nell'aria, si mischiano allo stridere dei gabbiani.

Il bersaglio è improvvisamente cambiato. Ginevra è una vittima facile, perfino scontata. Camilla ingoia il principio di senso di colpa che le si affaccia allo stomaco sotto forma di un sentore acido: è in salvo. Ride anche lei.

«Hai visto come si trucca? Una cosa inguardabile. Ma chi mai se la farebbe, una così? Giusto un camionista.» Matilde si surriscalda, e mentre ride in modo incontrollato il suo viso appuntito si fa ancora più aguzzo, il mento sgraziato sporge in avanti, conferendole un ghigno quasi malefico. L'argomento in questione la fa sentire forte, euforica; in fatto di sesso ha già qualche esperienza.

«Secondo me, come profumo si mette l'Arbre Magique.»

Camilla ride, e ridendo si sente liberata. Perde la cognizione del tempo e dello spazio, si fa lontana, leggerissima. Quando torna in sé, guarda l'ora e scopre che son quasi le sette. Suo padre sarà già rientrato.

«Io vado a casa.» Si allontana all'improvviso salutandole con la mano, godendo dei loro sguardi basiti. D'un tratto non le importa più di niente.

S'incammina pensando a suo padre, alla partita a scacchi che le ha promesso. La vedono muoversi leggera e sparire oltre l'arco del ponte, sistemandosi la treccia che si è scomposta nel vento.

5

Claudio resta a guardare Camilla attraversare la strada verso il cancello della scuola. Sotto i vestiti informi s'intravede la sagoma di una donna, ma l'andatura oscillante, curva su sé stessa, è quella di una ragazzina che ha paura di essere notata. Ne è sollevato, ma quanto potrà durare? Le sue compagne sono già tutte donne fatte. Ogni giorno gli sbattono in faccia quei loro corpi floridi, traboccanti di sensualità. Sono ovunque, lo guardano, sembrano chiamarlo. Da quando Camilla frequenta il liceo è diventata un'ossessione. La mattina, al solo pensiero di quello sciame di ragazzine che si affrettano verso la scuola, i volti ancora segnati dalle lenzuola e il deodorante appena passato sotto le ascelle, inizia a sentirsi agitato. È costretto a puntare la sveglia in anticipo per avere il tempo di farsi una doccia tiepida. A volte lo aiuta a calmarsi, altre volte peggiora la situazione e finisce che è ancora più eccitato di prima.

Camilla scompare oltre il cancello. Claudio pensa a quando la portava in braccio al nido. Uscivano che Eleonora dormiva ancora, facevano la strada a piedi, cantando. Quando arrivavano, Camilla non voleva lasciarlo. La maestra doveva strappargliela di dosso mentre lei urlava e scalciava. Claudio andava a lavorare con quella fitta nel petto.

Mette in moto e parte lentamente, la testa lontana nel tempo, ma è costretto a frenare di botto perché qualcuno gli è comparso davanti all'improvviso. Un aggraziato fenicottero fende la strada a passi svelti, lunghe gambe inguainate in calze trasparenti. Senza fermarsi, né rallentare il passo, né esitare di fronte all'auto che per poco non la travolge, buca il parabrezza con uno sguardo severo, che prorompe dal volto liscio e compatto di bambina, in contrasto con le labbra bistrate di scuro, con la rotondità sfacciata del seno sotto il giubbotto aperto. Tramortito, Claudio ingrana la prima. Riprende ad avanzare, ma poco più avanti si ferma di nuovo. Continua a seguire la ragazzina con gli occhi fino a quando lei non scompare oltre il cancello della scuola, e intanto scuote la testa, contrariato, come a voler spiegare a sé stesso il turbamento che prova col disappunto per aver rischiato di investirla, giustificarlo con la disapprovazione per l'avventatezza di lei.

Accelera cauto, ancora scosso. Ultimamente è come se il corpo gli sfuggisse. Ha la sensazione di essere posseduto da una bestia selvatica, a tratti demoniaca, restia a essere addomesticata. Riesce a vederne gli artigli affilati, gli occhi gialli che bucano l'oscurità. Vive nell'ansia perenne che lo fagociti, che prenda il controllo di tutto, mandando all'aria la sua vita. Solo lui può tenerla a bada, ma ogni giorno percepisce più nitida la propria debolezza. Nel rettangolo dello specchietto retrovisore, il viso è tagliato in orizzontale da una striscia di sole che fa risaltare il verde degli occhi. La fragilità, la precarietà della sua esistenza sono scritte a grandi lettere sulle sue iridi chiare.

Guida per pochi minuti fino alla palazzina di inizio secolo che ospita lo studio. La BMW s'infila nel parcheggio sotterraneo. Spegne il motore e si sfrega a lungo gli occhi con le dita. Cerca di respirare. Lascia le chiavi al custode e sale con l'ascensore al secondo piano. Come ogni mattina, prima di suonare il campanello scorre velocemente i nomi sulla targa di ottone, fino al suo: Claudio Vannini. Assapora il modo in cui la linea spiovente della V riflette con eleganza la luce del pianerottolo.

«Buongiorno, avvocato.» Arianna smette di digitare e gli rivolge un sorriso pieno di ammirazione. Claudio la ignora. Sa che non è davvero per lui, ma per il nome che porta.

Imbocca il corridoio rivestito di marmo di Carrara e lo percorre fino alla terza stanza, la sua. Richiude la porta e si lascia cadere sulla poltrona girevole, stessa puzza di pelle del primo giorno. Si sfila la cravatta, la arrotola con cura, la poggia sulla scrivania tra la pianta grassa e la foto di Camilla al mare. Nella sua casella email ci sono solo messaggi di Alfredo che gli gira il lavoro: incidenti stradali, qualche divorzio, una causa condominiale. Le scorre velocemente, poi riprende la partita di Sudoku che ieri ha lasciato a metà.

Senza bussare, Alfredo si affaccia alla porta. Claudio trasalisce.

«Domani all'ora di pranzo?» Alfredo abbozza il movimento del servizio a tennis, il collo rigido per via dell'infiammazione cervicale che lo tormenta da almeno dieci anni. Claudio solleva il pollice in aria, distogliendo a malapena lo sguardo dal monitor per mostrarsi occupato. Alfredo esce. Claudio resta solo con la maledetta tabella che non riesce a risolvere.

Sono passati ventitré anni da quando è arrivato allo studio, fresco di laurea. Pensava che avrebbe avuto un posto accanto alla segretaria, all'ingresso, invece gli è stata assegnata proprio quella stanza. Il marmo luccicante, l'enorme scrivania antica. Si sentiva Gulliver nel paese dei giganti. Era tutto troppo grande, troppo prestigioso, e lui minuscolo, trascurabile.

Era stato suo padre a piazzarlo nello studio di Alfredo. Lo aveva operato al cervello, salvandogli la vista dalla massa in rapido accrescimento che gliela stava portando via. In cambio, gli aveva chiesto di sistemargli quel figlio non abbastanza brillante, non all'altezza del nome che portava. Alfredo non aveva esitato ad accontentare l'uomo che per otto interminabili ore aveva tenuto in pugno la sua vita e poi gliela aveva data indietro, ripulita dal pericolo che la minacciava. Si era fatto carico del suo ragazzo, affiancandogli un'avvocatessa durante la pratica e poi assumendolo a tempo indeterminato, con uno stipendio fisso e progressivo, traguardo che gli altri avvocati dello studio ottenevano se andava bene dopo cinque anni. Suo padre, a quel punto, si era tranquillizzato. Fin da quando Claudio era piccolo, sembrava terrorizzato dall'idea che diventando uomo non avrebbe ottenuto la sua stessa rispettabilità. Lui che apriva teste e salvava vite, e tutti gli altri li considerava meno di niente. Temeva che il suo unico figlio sarebbe diventato una persona mediocre come tante, e lo guardava sempre in quel modo, in allarme per il rischio spaventoso che incombeva su di lui. Ora che suo padre è morto, Claudio non può fare a meno di sovrapporre alla sua immagine quella di Alfredo. Alfredo che lo guarda come un figlioccio acquisito, come a volergli ricordare da quale vita insulsa lo abbia salvato.

Arianna bussa alla porta ed entra col vassoio del caffè. Claudio la osserva avvicinarsi, i fianchi strizzati nella gonna a tubo, la camicetta bianca coi primi bottoni slacciati. Poggia il vassoio sulla scrivania, a un palmo dal suo braccio. È professionale e compiacente, come ci si aspetta da una segretaria. Non sembra accorgersi del fatto che, allo studio, lui conti meno di nulla. Gli passa ogni giorno telefonate e gli ricorda appuntamenti dimostrandogli rispetto. Gli basterebbe una parola per portarsela a letto, per vedere quel suo corpo burroso perdere il controllo. Fanno così quelle come lei, il tipo di ragazze che la mattina si alzano alle sei e prendono tre autobus per raggiungere gli uffici in centro, con le scarpe da ginnastica ai piedi e quelle col tacco infilate nella borsa. Che si portano la pasta fredda da casa in un contenitore di plastica per risparmiare sul pranzo. Fanno così, le segretarie: sbavano per gli avvocati sposati e rispettabili, ci vanno a letto e godono. Salvo poi, passato qualche mese di cene d'asporto in ufficio dopo la chiusura e sesso, conoscerli meglio e accorgersi che non valgono un granché. Che il loro matrimonio perfetto è in realtà una farsa, che sul lavoro sono l'ultima ruota del carro.

Arianna posa il piattino del caffè sul tavolo stando attenta a non fare rumore, i movimenti leggeri come battiti d'ala. Se solo Claudio allungasse una mano e le sfiorasse le dita con finta casualità, si guarderebbero, si sorriderebbero, e tutto avrebbe inizio. Invece, prende il caffè e lo zucchero con l'aria di chi ha parecchio da fare e dice grazie. Quando lei si piega in avanti per riprendere il vassoio, dalla scollatura si affacciano due seni bianchi e tondi, orlati di un pizzo color crema. C'è un silenzio teso. Claudio si sforza di tenere gli occhi sul monitor, ha tolto di mezzo la partita di Sudoku e aperto il file di un atto. Arianna ancheggia verso il corridoio, facendo oscillare un culo tutto sommato un po' troppo largo.

«Se ha bisogno, avvocato, io sono di là» dice con occhi umidi prima di uscire dalla stanza.

Claudio avverte l'eccitazione tirargli i pantaloni. Butta giù il caffè in un sorso e va a chiudersi nel suo bagno personale.

Immobile nell'ingresso semibuio, confusa con l'ombra che l'attaccapanni proietta sul pavimento e sul muro, Camilla non distingue le parole che provengono dalla cucina, ma percepisce il tono e la frequenza delle voci. Grave e lenta quella del padre, intermittente e tintinnante come uno scroscio di monete quella della madre. Sporgendosi in avanti riesce a vederli: Claudio in piedi, le spalle alla notte, i lombi contro il ripiano della credenza e lo sguardo che vaga nel vuoto; Eleonora qualche metro più in là, il corpo proteso in avanti, che cerca di infrangere la distanza cui lui in qualche modo la costringe. Patetica sui tacchi scomodi, coi capelli suddivisi in spirali perfette, pare appena uscita da una pubblicità in tivù. A Camilla fa venire i nervi, quel suo cercare in ogni modo di compiacerlo. Tutti e due hanno in mano un calice di vino rosso. Lo sorseggiano di tanto in tanto, per riempire il vuoto che sembra inghiottire la stanza tra una parola e l'altra. Visti così – suo padre lontano e inafferrabile, sua madre tutta intenta a richiamare la sua attenzione –, divisi da quegli insuperabili metri d'aria, sembrano figure posticce sovrapposte a una scenografia artificiale. La stanza dietro di loro è impeccabile. Al centro del tavolo, apparecchiato alla maniera di Paloma coi tovaglioli piegati a forma di fiori esotici, troneggia un'insalatiera piena di verdure colorate, salmone e tofu. Camilla va a tuffarsi tra le braccia di Claudio.

«Come stai, piccoletta?»

Si perde nello sguardo adorante di suo padre, mentre Eleonora si versa un altro calice di vino. Si sente il rumore del suo bicchiere sul tavolo, un suo lieve sospiro.

«Vado di là. Vieni?» sussurra Camilla nell'orecchio di Claudio. Il fruscio di quel bisbiglio fa vibrare l'aria, accentuando la tensione nella stanza. Claudio risponde con un cenno della testa.

«Dove vai? Non mangi?» chiede flebile Eleonora, l'autorità bloccata in gola.

«Mangio dopo.»

Camilla percorre il corridoio buio, mentre dalla cucina la voce di sua madre torna a farsi squillante, quasi sguaiata. Quando richiude la porta di camera sua il silenzio è opprimente, lo spazio tra i muri troppo stretto. Al centro della scrivania di vetro spicca l'incarto arancione della caramella alla frutta che Paloma le ha lasciato, come fa ogni pomeriggio dopo aver riordinato e pulito. Finalmente Claudio compare sulla porta.

«Dài, vieni a mangiare» dice con tono serio, ma il mezzo sorriso rivela complicità.

Camilla mette su un broncio da bambina. «Non mi piace quella poltiglia che ha fatto preparare. Sa di fango e sterco.»

«Addirittura? Comunque Paloma ha sicuramente lasciato qualcos'altro per te in frigo. Dài, vieni, che lo scaldiamo.»

Camilla non si muove di un millimetro. Resta sdraiata sul letto, le braccia incrociate e il sorriso malizioso. Claudio allora avanza e con aria di resa le si sdraia accanto. Lo fanno da quando era piccola: restano vicini, guardano il soffitto e parlano. Si raccontano storie, ridono. Fin da allora, quello è il modo in cui Camilla preferisce passare il tempo. Il senso di intimità che avverte mentre stanno sul letto, le spalle incastrate con le teste e gli occhi al soffitto, è la cosa più preziosa che abbia mai provato con qualcuno. Solo che ultimamente non è più come prima. Claudio se ne sta lì, le braccia conserte, teso, quasi avesse paura di toccarla. Lei lo costringe ad allargare il braccio e sprofonda il viso nell'incavo dell'ascella, dove il profumo che ama è più forte. I muscoli di lui sono contratti sotto il tessuto della camicia.

«Perché fai così con lei?» Le parole di suo padre rompono il velo di imbarazzo. «Lo sai quanto ti vuole bene.»

«Non è vero che mi vuole bene. Non sa nemmeno cosa significa volere bene, quella.»

Claudio le afferra il mento tra pollice e indice. La guarda negli occhi come se stesse per dirle qualcosa di importante, ma l'espressione solenne si sgretola in fretta. «Si può sapere perché sei così scema? Lo vedi che siete uguali? Hai preso indubbiamente da lei.»

Ridono, si fanno il solletico. Lui si difende bloccandole le mani e poi scatta in piedi con un balzo atletico, lamentando subito dopo un immaginario mal di schiena. Il solito siparietto che fa ridere Camilla.

Pochi minuti dopo entrano in cucina come due amanti clandestini, spettinati, i volti arrossati. Eleonora li aspetta seduta a tavola. Camilla prende posto e inizia a fissare il piatto vuoto.

«C'è della vitella. Te la scaldo?» Claudio estrae il piatto dal frigo e lo infila nel microonde.

Eleonora versa dell'acqua nel bicchiere di Camilla. «Ho incontrato la mamma di Olivia» dice all'improvviso, mentre si serve l'insalata e vi dispone sopra ben distese le fette di salmone. Le sue parole risuonano stonate per la stanza. «Mi ha detto che ha smesso di andare a danza. È un peccato. Era brava.»

Claudio mette il piatto fumante davanti a Camilla e prende posto.

«Non vuoi provare anche tu con la danza? Ti farebbe bene» continua Eleonora.

Camilla si sente invadere dall'odore forte della vitella e dallo sguardo vischioso di sua madre.

«Com'è la carne?» continua Claudio, quasi che Eleonora non abbia mai parlato, osservando con diffidenza un pezzo di tofu.

«Prendine un po' tu, per me è troppa.»

Claudio allunga la forchetta e infilza due fette dal piatto di Camilla.

«La danza rende leggere e aggraziate» insiste Eleonora. Fulminandola con lo sguardo, Claudio le versa del vino, per zittirla. «E tu lo sei» si corregge Eleonora, cogliendo il rimprovero, «è per questo che pensavo che...»

Camilla finisce di tagliare a pezzi l'ultima fetta di carne, poi appoggia le posate sul bordo del piatto senza aver mangiato nulla.

«A noi piace nuotare, vero, Cami?» interviene Claudio. «Domenica abbiamo battuto il record.»

Camilla solleva lo sguardo dal piatto e incrocia quello del padre, un sigillo definitivo di complicità. Si sorridono a lungo, come in una conversazione silenziosa. Eleonora inizia a sgranocchiare germogli di soia con aria annoiata, gli occhi bassi, mentre Camilla si mette a mangiare di gusto, sollevata, come se a partire da quel momento lei e Claudio fossero finalmente soli.

Eleonora sbircia dentro la stanza. Sul letto – uno di quelli da bambina, piccoli, con la sponda rosa tenue decorata di fiori intagliati – s'intuisce la sagoma di Camilla, immobile sotto il piumino gonfio. Eleonora entra, e come ogni sera scosta il lenzuolo dalla testa sudata della figlia; osserva il volto trasfigurato dal sonno, abbandonato, finalmente innocuo. Camilla si addormenta così da quando aveva tre anni: coperta fin sopra i capelli e con la porta rigorosamente spalancata. Eleonora ha sempre pensato che la volesse così per non lasciarla da sola con Claudio. Li controlla, lo ha sempre fatto, anche dormendo. Fin dal giorno in cui il chirurgo gliel'ha tolta dal ventre e gliel'ha messa in braccio, Eleonora ha avuto la sensazione che Camilla volesse mettersi tra loro. Anzi, addirittura da prima, quando era incinta e lui non voleva più fare l'amore con lei per paura di far male alla bambina. Persino nel modo in cui il corpicino di Camilla cresceva nel suo utero deformandole la pancia, le pareva di leggere lo scopo lucido di renderla meno attraente agli occhi di Claudio.

Esce dalla stanza richiudendo la porta, come per dispetto. Il salotto è immerso nel buio, rischiarato a intermittenza dalla luce bluastra della televisione. Claudio è sul divano. Lo schermo inquadra una donna vistosamente truccata, seduta al centro di uno studio televisivo tutto bianco, accecante. Da una parte e dall'altra della donna siedono due uomini in giacca e cravatta. Sullo sfondo scorrono le immagini di una partita di calcio.

Eleonora si lascia cadere accanto a lui e aspetta, mentre Claudio giocherella col telecomando come se non si fosse accorto di lei. La telecamera indugia su ogni particolare del corpo della conduttrice: i seni incorniciati dalla scollatura, le scarpe col tacco a spillo, la gonna di pelle nera con il profondo spacco. All'improvviso, parte lo spot di un integratore per donne in menopausa, una signora di mezza età che si dondola su un'altalena in mezzo a un prato autunnale. Con gesto veloce, Eleonora si tira su la sottoveste di seta verde, si solleva sulle ginocchia e si mette a cavalcioni sulle gambe di Claudio. Inizia a premere il pube contro il suo, meccanicamente, con lo scopo preciso di provocare in lui una reazione immediata. Claudio socchiude gli occhi e scivola col bacino verso il basso, in segno di resa. Le fissa il seno, le cosce aperte, e pazienza se non la guarda mai negli occhi, purché la desideri. È la sua paura più grande, che un giorno possa non accadere più. Fa scivolare le bretelline sulle spalle, lasciando che il tessuto della sottoveste scenda sui fianchi. Claudio non si oppone, né manifesta alcun volere. Eleonora gli guida le mani e intanto indaga sul suo volto imbiancato dai riflessi dello schermo, in cerca dei segnali della sua eccitazione. Si concentra sul ritmo e sul movimento, quel dondolio regolare come in un accoppiamento tra cani di razza. Quando infine lui si accascia, si sente finalmente calma. Si alza e inizia a raccoglie i vestiti uno a uno. Quelli di lui li piega e glieli mette accanto, sul divano. Si riveste in fretta, poi, come se l'effetto di quell'appagamento si fosse già esaurito, raggiunge la porta d'ingresso e dà una doppia mandata. Chiude le serrande e le tende, sigillando la stanza come una bara. Claudio è ancora sul divano, il membro flaccido che fuoriesce dai boxer abbassati a mezza coscia, lo sguardo che vaga sullo schermo dove passa la pubblicità dei programmi di domani. Eleonora gli si ferma accanto e allunga lentamente una mano, come per sfiorargli i capelli in una carezza maldestra. Ma il movimento si spezza, e la mano si blocca a metà, sospesa a mezz'aria. Poi torna al suo posto, penzoloni lungo il fianco.

Eleonora lascia la stanza a passi silenziosi, mentre una sigla ritmata di fiati e archi annuncia l'inizio delle trasmissioni della notte.

Lo specchio inquadra la schiena di Camilla infagottata nella camicia maschile, su cui ricade la massa ben pettinata dei capelli biondi. Accanto a lei, la sagoma grande di Claudio, giacca, cravatta, camicia fresca di lavanderia. Le porte scorrevoli si aprono sul mosaico che riveste la parete al piano terra. Mentre Camilla si precipita fuori dall'ascensore e scende gli scalini due alla volta, Claudio preme il pulsante sul telecomando che ha in tasca. Dall'automobile parcheggiata di fronte arriva lo scatto sordo di apertura delle porte; solo fino a pochi anni fa diceva "abracadabra" e Camilla rimaneva sbalordita.

Claudio mette in moto e accende la radio. Gli interni profumano di deodorante al pino selvatico, come ogni volta che è stato all'autolavaggio.

«Che roba è?» dice Camilla con un cenno alla radio. Ride, la mano che scorre sul camoscio morbido del sedile sotto di lei.

«Ma come? Sono le cose che ascoltate voi. Roba di oggi, no?» scherza lui.

«Mettimi *Montagne verdi*, ti prego, papà.»

Claudio prende l'astuccio dei cd e inserisce quello con l'etichetta grigia, la scritta ormai illeggibile. Le prime note della canzone risuonano nell'abitacolo mentre l'auto percorre il viale alberato del parco condominiale, sguscia sulla strada e prosegue emettendo un suono rauco e continuo, Claudio e Camilla dentro, inglobati come uova nella pancia di un rettile. Sopra di loro il cielo è coperto, una di quelle giornate autunnali che incombono col peso della stagione brutta che verrà.

Camilla canta forte, in automatico, anche se la canzone non le piace più. Da piccola la faceva impazzire, adesso la detesta. È di Claudio che la guarda cantare che non può fare a meno. Lui la fissa senza dire nulla e intanto sorride. Allora lei si sgola per riprodurre quella melodia che le dà la nausea, e intanto cerca di convincersi che gli sguardi di Claudio siano esattamente gli stessi. Ma non è così. Il suo sorriso è un calco senz'anima di quello di un tempo.

«Va tutto bene a scuola, piccoletta?»

Camilla annuisce sbrigativamente per togliere di mezzo l'argomento. «Nuotiamo, domenica?» ribatte.

«Solo se mamma non ci resta male. La lasciamo sempre da sola.»

«Nessuno le impedisce di venire. Se non vuole, peggio per lei.»

L'auto si ferma davanti al cancello della scuola. Camilla infila la faccia nell'incavo tra il mento e la spalla di suo padre, là dove s'incastra perfettamente, mentre lui resta immobile, il fiato tirato.

Scendendo dall'auto, la vede. Ginevra è ferma davanti al cancello, sembra quasi li stesse aspettando. Su di giri, Camilla le fa cenno di avvicinarsi.

«Sono Claudio, il papà di Camilla.»

Camilla resta a osservare Claudio che scende dall'auto e inforca gli occhiali da sole, sfoggiando un sorriso ampio e cordiale. Poi scruta il volto di Ginevra in cerca di una punta di invidia, di ammirazione. Le piace che suo padre si presenti ai suoi amici col proprio nome, la fa sentire grande. Lo abbraccia platealmente prima di incamminarsi spalla a spalla con Ginevra, verso il cancello della scuola. Nel varcarlo, si gira ancora verso di lui, in cerca di quel suo sguardo, adorante, su di sé. Ma Claudio è già voltato di tre quarti. Si è bloccato un momento, prima di salire in auto, gli occhi fissi sull'asfalto, una mano che fruga nervosamente tra i capelli.

Claudio guida a scatti, è sudato. Ai semafori non si accorge quando arriva il verde, e se qualcuno suona il clacson protesta ad alta voce. La bestia si è affacciata di nuovo. Claudio ha tra i denti il sapore della bava, il sangue gli pulsa nelle vene. Sente che deve domarla e che non ci riuscirà: più cerca di zittirla, più quella s'inferocisce. Chiede di arrendersi a lei, anzi, lo pretende. Diversamente, è pronta a sbranarlo: farà brandelli del suo corpo vivo. Quella ragazzina, i suoi lineamenti grossolani, sono una nota stridente nella scuola di Camilla e nella loro vita. Non dovrebbe trovarsi lì: a Claudio sembra ingiusto, un tranello perverso del destino. Ginevra, la sua precarietà, tutto di lei odora di sangue. Claudio se n'è accorto subito: fin da quando per poco non l'ha investita e lei non ha battuto ciglio. La disperazione di cui ogni sua cellula è intrisa salta agli occhi prima ancora del seno strizzato, delle labbra provocanti. È la disperazione di chi non ha niente da perdere, ed è disposto a mettere in gioco tutto. Esattamente il contrario di lui, che ha tutto ma non possiede niente, che può perdere ogni cosa in qualsiasi momento. Si sente eccitato, fuori controllo. Gocce di sudore acido gli entrano negli occhi fino a farli bruciare, appannandogli la vista. Si lamenta, è costretto ad accostare in doppia fila. Il telefono inizia a suonare proprio in quel momento, mentre cerca di aprirsi un varco tra gli automobilisti insofferenti. Impreca forte asciugandosi gli occhi col lembo della camicia, poi tira fuori il cellulare dalla tasca del giubbotto. Sul display c'è scritto: "Alfredo".

6

Attraversano il cortile ed entrano nel portone della scuola. Percorrono il corridoio scuro, opprimente per il vociare compresso, proseguono fino all'aula. Ragazzi seduti sui banchi, vicino alle finestre, sulla cattedra. Olivia e Matilde le fulminano con lo sguardo confabulando al primo banco. Camilla raggiunge il suo posto, tira fuori dallo zaino la borsina nera e se la mette a tracolla. Poi prende per mano Ginevra e la conduce di nuovo fuori dall'aula. Salgono all'ultimo piano, quello mansardato, silenzioso e desolato, dove si trovano l'aula-video e il laboratorio di scienze. Camilla tira dritto fino in fondo al corridoio e apre l'ultima porta. Dà su un disimpegno semibuio, da cui parte una scala a chiocciola. Camilla s'inerpica e scompare.

Ginevra la segue senza vedere i gradini, tastandoli prima con il piede. Arriva in un luogo buio, pieno di un'aria pesante che sembra lì da anni. D'un tratto si accende una fioca luce gialla; un vecchio lampadario pende al centro del soffitto, fin quasi a toccare le loro teste. Camilla si siede per terra, a suo agio.

«Se ti piace qualcuno, lo puoi portare qui.»

Ginevra si siede di fronte a lei, le gambe incrociate. «A te piace qualcuno?»

Camilla abbassa lo sguardo, avvampando visibilmente. Poi lo solleva su di lei. «Sì. Matteo. Quello di terza.»

«E a lui piaci?»

«Non so. Non sa nemmeno che esisto.»

Ginevra la studia. «Allora dobbiamo fà qualcosa» azzarda. Poi tace, temendo di aver osato troppo.

«Tu mi potresti insegnare... a essere più come te?»

Ginevra la guarda un po' sorpresa, cercando di capire cosa intenda. «Perché, io come sò?»

Camilla prende la borsina che porta a tracolla e la solleva all'altezza degli occhi di Ginevra. «Ce l'avete tutte uguale» dice lei, osservandola attentamente.

Camilla sorride, una leggera aria di sfida sulle labbra. «Era di mia nonna, è una Chanel. In certi mercatini te la comprano per seicento euro.»

Ginevra annuisce compostamente, sforzandosi di non lasciar trapelare alcuna sorpresa. Scruta Camilla, la sua camicia, le scarpe, la pelle diafana e la morbidezza impalpabile dei suoi capelli. Ogni cosa in lei brilla di una luce misteriosa.

Camilla apre la borsina e ne tira fuori un piccolo involto di alluminio, quello che si usa per incartare i biscotti e le torte. Lo apre, rivelando un mucchietto di polvere bianca. Estrae dalla borsa un portamonete e prende con disinvoltura una banconota da cento, la arrotola, poi la porge a Ginevra.

«Cos'è?»

«Non lo sai?» Camilla la studia, cercando di capire se non stia facendo finta. «L'ho fregata a mio padre» continua. «E i soldi pure. Guarda, si fa così, l'ho visto fare a lui.» Avvicina il rotolo di carta alla narice e si china in avanti, verso la polvere bianca. Poi si rialza. «Prova» ordina.

Ginevra pensa al padre di Camilla, ai suoi occhi perduti sulla figlia. Uno sguardo di resa totale: quell'uomo si butterebbe nel fuoco per lei. Poi, gli stessi occhi li rivede su di sé, avidi come poco fa, mentre la scrutavano e la soppesavano come un rischio da valutare, un confine da perlustrare. Prende la banconota dalla mano di Camilla, ma invece di fare come l'altra le ha detto, la srotola e la osserva minuziosamente, facendola scorrere tra i polpastrelli. Studia la consistenza, il fruscio che produce. È la prima volta che ne vede una di quel taglio. Pensa al barattolo di vetro che usa come salvadanaio, agli spiccioli mischiati alla rinfusa con qualche banconota da cinque. Immagina quel verde, quel bianco in mezzo a loro. Calcola in fretta il totale, poi, come svegliandosi da un sonno breve e improvviso, restituisce la banconota a Camilla.

«Perché?»

«Non mi va. È una cosa stupida.»

Camilla osserva spiazzata il blocco di pietra che è il volto di Ginevra. Non si aspettava tanta fermezza. Arrotola di nuovo la banconota e se la porta al naso. S'avvicina al mucchietto bianco, poi torna indietro. Ha visto suo padre farlo una mattina, nello studio, mentre sua madre era ancora a letto. Pochi minuti dopo, guidando per accompagnarla a scuola, sembrava lontano mille chilometri. Si è sentita sola, ha avuto paura.

Ginevra la sta fissando, come in attesa di capire fino a dove riuscirà ad arrivare. Se ne sta lì, seduta a gambe incrociate davanti a lei, la gonna sollevata in vita, la cucitura nera delle calze che spunta in mezzo alle gambe. In trasparenza Camilla riesce a vedere gli slip bianchi. Immagina mani maschili correre lungo quell'interno coscia e accarezzarle il pube aperto. Immagina la smorfia di piacere sul volto di lei: nessun fastidio, nessuna vergogna.

Si piega di nuovo in avanti. La polvere è lì, a pochi centimetri dalle sue narici. Deve solo tirare su col naso e sarà fatta: un ultimo, minuscolo passo e arriverà in quel luogo lontano che suo padre conosce bene; sarà un pezzettino più vicina a lui. In quel momento la banconota le scivola dalle dita, e srotolandosi inizia a ondeggiare in aria, avanti e indietro, fino a depositarsi sul pavimento. Camilla affonda il pollice e l'indice nella polvere, ne tira su un pizzico e la lascia ricadere sul mucchio. Ripete lo stesso gesto, ma questa volta sparge la polvere sul pavimento, come sale su una pietanza. Allora prende l'involto e lo rovescia, e intanto ride, ma senza alcun divertimento. Sul volto ha un'espressione vuota. Posseduta da qualcosa che non controlla, raccoglie la banconota e la strappa in mille pezzi, che poi lancia per aria come coriandoli. Ginevra li osserva disperdersi tutt'intorno.

«Tra poco suona la campanella.» Camilla si sfrega le mani sui pantaloni, improvvisamente stufa. Ne allunga una a Ginevra e l'aiuta ad alzarsi. Si ritrovano vicinissime, una di fronte all'altra. Ginevra emana un pungente odore di vaniglia. Camilla la guarda dritto, poi gli occhi scendono giù, lungo le gambe ancora scoperte dalla gonna sollevata sui fianchi. L'attaccatura della coscia, all'altezza dell'anca, è perfetta e invitante, così tonda e proporzionata nel digradare verso il punto vita. Camilla allunga una mano fino a sfiorare col dorso delle dita quel contorno sinuoso, un oggetto raro, invidiato. Poi sale su, fino all'orlo della gonna arrotolata, lo afferra e lo rimette a posto, per quel poco che arriva a coprire.

L'insegnante di ginnastica è una donna alta e dal fisico mascolino, con folti capelli ricci e gli occhiali che velano uno sguardo ritroso, quasi spaventato. Annota le assenze sul registro mentre le ragazze, svogliate, si perdono in chiacchiere. A nessuna piace indossare la tuta.

«Professore', oggi non posso fà lezione, non me sento bene.» Ginevra quasi sussurra, esibendo una timidezza innaturale.

La Barone continua a scrivere sul registro, prendendo tempo. «L'hai detto anche la settimana scorsa, Ginevra.»

«Lo so, professore', non è colpa mia. Non ce la faccio proprio.»

L'insegnante batte gli occhi più volte, in evidente difficoltà, mentre Ginevra aspetta. Sa bene come condurre il gioco. La Barone si alza di scatto e sgraziata richiama le alunne per iniziare la lezione. Il sole, appena spuntato dagli alberi del parco che circonda la scuola, scalfisce poco a poco la cortina di umidità sulla pista di atletica. Le ragazze ritirano le mani nella felpa e si rassegnano all'idea di mettersi a correre. Cominciano a muoversi pigramente, come uno stormo di piccioni goffi, mentre l'insegnante si sforza di assumere un'aura di rispettabilità. Ginevra sa che a partire da questo momento nessuno baderà a lei. Svolta l'angolo del cortile; sull'altro versante dell'edificio si trova davanti la fila dei campi da gioco. In quello da basket, riconosce i ragazzi della terza A. Maglietta bianca e pantaloncini, Matteo si trascina da un lato all'altro del campo, passandosi avanti e indietro la palla con un compagno mentre gli altri cercano di intercettarla. Hanno modi spontanei, rilassati, così diversi da quelli che ostentano quando le ragazze sono presenti. Il professore non è ancora arrivato.

Ginevra va dritta verso il campo. Si accosta alla rete di protezione nel punto più vicino a Matteo e lo chiama con tutta la voce che ha. Lui si volta di scatto mentre qualcuno ferma la palla. Tutti si girano verso di lei.

Fa segno a Matteo di avvicinarsi e lui obbedisce. I suoi occhi la percorrono veloci e prepotenti.

«Camilla, l'amica mia, quella de prima A, vuole uscì con te. Te sta bene?»

Matteo la guarda senza capire. Il ciuffo di capelli gli ricade sulla fronte e sugli occhi. Lo sposta indietro con un movimento vistoso della testa. «Camilla chi?»

Ginevra è già sul punto di perdere la pazienza. Si fissa gli stivali, cercando di ritrovare la calma. «Quella bionda, coi capelli lunghi» spiega.

Dal gruppo di ragazzi a bordo campo arriva qualche battuta, risatine, un fischio.

«E perché non è venuta lei?» fa lui, tranquillo.

«Si vergogna. È timida. Ce voi uscì o no?» continua Ginevra, sentendo crescere una leggera insofferenza.

«Devo prima capire chi è» risponde Matteo, scrutandola curioso. «Poi ci penso e ti faccio sapere» conclude con l'aria di chi sa badare ai propri affari.

Ginevra annuisce e tra cento occhi si allontana. Ne sente addosso il calore, s'intrufolano sotto i vestiti come insetti.

Al campo di atletica le ragazze fanno il salto in lungo. Camilla è concentrata sulla partenza mentre le altre si nascondono l'una con l'altra, tentando di rimandare il momento in cui toccherà a loro. Sono impacciate, a disagio coi corpi intrisi di indefinitezza, come in cerca di una forma che ancora non si è manifestata. Camilla corre, poi spicca il salto con le gambe troppo lunghe. È fragile e leggera; per un attimo, Ginevra teme che volerà via con la prima folata di vento. Quando i piedi toccano terra, il viso di Camilla si colora di orgoglio, mentre gli occhi corrono all'insegnante.

Ginevra la raggiunge nello spogliatoio. «Ho parlato con Matteo. Ha detto che ce pensa.» Resta a osservarla, in attesa di un bagliore nei suoi occhi, un lampo di gratitudine.

Camilla sta infilando i vestiti sudati nella borsa. La guarda, come per capire se l'abbia fatto davvero. Poi si siede sulla panca, si prende la testa tra le mani e chiude gli occhi.

«Che vergogna» sibila tra sé.

Ginevra avanza quasi correndo, mentre Camilla, dietro di lei, trascina i piedi come macigni. Di tanto in tanto è costretta a fermarsi e aspettare che la raggiunga, oppure ad afferrarla per un braccio e strattonarla per convincerla ad attraversare la strada. Evitano di parlare, ciascuna è chiusa in sé stessa. Ginevra sbircia tra le ciocche di capelli che cadono ai lati del volto di Camilla, cercando in lei un guizzo di riconoscenza o di fiducia, ma non trova altro che quella svogliatezza, la stessa indifferenza che aveva prima, a scuola. Varcano il cancello del bowling e attraversano il parcheggio. Dall'interno dell'edificio, una specie di bunker basso e lungo, arriva un brusio ovattato, come uno scalpitare di animali in cattività. Ginevra si ferma; alle sue spalle i passi di Camilla non si sentono più. Quando si volta, la vede immobile e pallida. La raggiunge a passo svelto, tentando di capire se ci sia ancora una speranza di convincerla a entrare e incontrare Matteo; insomma, che si lasci aiutare da lei.

«Non ce la faccio» dichiara Camilla scuotendo la testa. «Andiamo a casa mia.»

Ginevra la fissa senza riuscire a dire nulla. Immagina loro due, a casa di Camilla in un pomeriggio qualunque, come due amiche vere. Non osa credere che quella faccenda abbia portato a una simile intimità tra loro. In che razza di casa può abitare, una così? Non dovrebbe accettare, di sicuro non è un posto per lei.

Intanto, Camilla le ha voltato le spalle e si è incamminata piano, la testa girata di tre quarti, in attesa che lei la segua.

Ginevra si ferma sulla soglia mentre Camilla entra nel grande soggiorno, si toglie zaino e cappotto e li abbandona per terra, dirigendosi poi spedita verso l'acquario. Ci versa un po' di mangime e resta a osservare i pesci colorati che nuotano verso la superficie dell'acqua, attraversata da fili iridescenti di luce; sembra essersi dimenticata di lei. Ginevra entra cautamente e si richiude piano la porta alle spalle. Da una porticina entra nella stanza una donna massiccia, la pelle olivastra e i folti capelli neri, stretta in un grembiulino rosa. Raccoglie da terra le cose di Camilla e poi rivolge a lei un largo sorriso.

«Buongiorno, cara. Dai a me, coraggio!» Ginevra si sfila lo zaino e la giacca e le porge il tutto, sussurrando un "grazie".

«Avete fame?» chiede la donna, e come è arrivata sparisce. Quando torna, porta un vassoio con un piatto colmo di biscotti e una caraffa di spremuta d'arancia. Prima di uscire in terrazza si avvicina a Ginevra: «Vieni, cara» le sussurra. Poi all'altra: «Cami, c'è ospite, non sta bene».

Camilla si trascina fiaccamente verso la porta finestra. Ginevra la guarda abbandonarsi sul grande dondolo in fondo, accanto alla palma nana che spunta da un vaso rotondo. Il terrazzo è immenso, simile a un giardino, traboccante di fiori e piante. Al centro c'è un grosso tavolo di ferro circondato da sedie, da una parte due lettini prendisole. Ginevra sceglie una sedia tra quelle indicatele dalla donna. Prende un biscotto e gli dà un piccolo morso, anche se non ne ha voglia, solo per educazione, mentre Camilla si spinge debolmente avanti e indietro, puntando un piede a terra.

«Cami, mangia qualcosa, tesoro.» La donna ha un tono dolce ma allo stesso tempo autoritario, quasi materno. Camilla si alza dal dondolo e va ad accasciarsi su una sedia. Si versa della spremuta, poi resta a fissare il bicchiere. A un certo punto balza in piedi, e come ricordandosi all'improvviso della presenza di Ginevra esclama: «Giochiamo a scacchi?». Senza aspettare risposta, rientra in casa.

Ginevra la segue. Camilla si avvicina a un grande mobile in fondo al soggiorno, apre uno sportello e inizia a tirare fuori vecchi album di fotografie. Li sfoglia, di nuovo nel suo mondo.

Da una parte, su un tavolo antico in legno intarsiato, brilla un gran numero di cornici d'argento. Sono tutte fotografie di Camilla con i suoi genitori. La madre è una donna molto bella, dai tratti eleganti. Sia lei che il padre appaiono talmente sorridenti, felici e splendenti che sembra di vedere uno di quei servizi sui vip delle riviste di gossip. Sono ritratti in riva al mare, sulla neve, in un ristorante raffinato, a cavallo, in barca. Mentre Ginevra osserva le foto, d'un tratto sente un tonfo alle sue spalle. Vicino all'immenso divano angolare, sopra un tappeto grigio, Camilla è inginocchiata davanti a una scacchiera. Si avvicina adagio e le si siede di fronte.

«Io non so giocare» dice.

Camilla tiene gli occhi sulla scacchiera. «Ti insegno io.»

Inizia a disporre le statuette nei quadrati, calma. Quando ha finito, gattona fino alla piccola vetrina. Sopra c'è un posacenere di vetro, che esala un forte odore di sigaro. Apre la vetrinetta ed estrae una bottiglia di cristallo, piena di un liquido giallognolo. L'appoggia sul tappeto, toglie il tappo, avvicina il naso all'apertura e inspira a fondo.

«Vieni» ordina.

Ginevra si avvicina e annusa il liquido come ha fatto Camilla. Un terribile bruciore le risale le narici fino alle tempie, lacrime calde iniziano a scorrerle sulle guance.

Camilla la guarda con disapprovazione.

«A me piace tanto» commenta. Infila il tappo e rimette a posto la bottiglia, poi si alza e scompare oltre la porta. Ginevra resta sul tappeto, disorientata, di nuovo sola. Si guarda intorno, cercando di immaginare che razza di vita si possa condurre in una casa come quella. Immagina i genitori di Camilla sedere su quei divani in una compostezza nobiliare, bere liquori costosi e fumare. Immagina cosa debba provare Camilla, durante le sere in casa, a sentire dalla sua stanza il brusio rassicurante delle loro voci. La cameriera entra, facendola sussultare.

«Cami è in camera. Vai pure, cara, da quella parte.»

Ginevra esita fissando la scacchiera sul tappeto, ma la donna, con un gesto, la invita a non curarsene. Ubbidisce. Attraversa il salone, lenta, come per godere più a lungo di quel luogo luminoso e accogliente, nonostante la sensazione di essere di troppo. Sa, in fondo, di essere in quella casa un piccolo ma fastidioso disturbo, una mosca intrufolatasi dalla finestra. Percorre il corridoio, sbirciando di qua e di là nelle stanze piene di mistero.

La camera da letto sembra uscita da una miniatura per le bambole. Camilla è sdraiata sul piumone rosa confetto, tutta intenta a scarabocchiare il diario all'ultima moda. Per un attimo, vedendola così, Ginevra prova per lei una inaspettata tenerezza. Camilla è un uccello intrappolato nel nido, quando sarebbe il tempo delle prove di volo. I loro zaini sono stati sistemati sulla scrivania lucida, uno accanto all'altro. Ginevra prende il diario e l'astuccio. Passano alcune ore così, l'una sul letto e l'altra alla scrivania, oppure entrambe per terra, studiacchiando e scribacchiando ognuna per i fatti propri, scambiandosi una parola ogni tanto.

Oltre il vetro è calato un buio intenso quando Camilla salta in piedi all'improvviso, precipitandosi poi fuori dalla stanza. Un istante dopo, dall'altra parte della casa si sente la voce profonda di un uomo, alternata a quella acuta e festosa di Camilla, rumori di chiavi, passi. Una violenta folata di vento sbatte all'improvviso contro i vetri, facendoli tremare. La stanza si riempie di una luce gialla e sinistra, che sembra preannunciare un temporale.

Ginevra esce nel corridoio e si affaccia nel soggiorno: Camilla trotterella da una parte all'altra mentre il padre, spalle alla porta, la osserva compiaciuto. Ginevra resta ferma sulla soglia: Camilla continua a comportarsi come se lei non esistesse. D'un tratto, l'uomo si volta. I suoi occhi s'incagliano su Ginevra, che li vede riempirsi poco a poco di uno stupore denso, oscuro, velenoso.

«Buonasera» dice Claudio con un sorriso gentile, tornando in fretta in sé.

Ginevra avanza di un passo sotto lo sguardo bruciante di Camilla.

«Vieni, Ginni» le dice con un tono che suona forzato. «Papà, Ginevra ci guarda giocare.»

«Ma no» ribatte lui, «giocate voi due.» La voce è distesa, ma Ginevra ne percepisce lo sforzo di autocontrollo, qualcosa che può avvertire solo lei.

«Non so giocare» replica secca, guardandolo sfacciata negli occhi che la scrutano freddi, ma penetranti.

Claudio solleva la scacchiera dal mobile e la mette sul tavolo. Camilla prende posto di fronte a lui, poi invitano Ginevra a sedersi. Padre e figlia iniziano a spostare i pezzi a turno, in silenzio. Si scambiano sorrisi, poche sillabe con le quali sembrano capirsi al volo.

Ginevra se ne sta seduta coi pugni chiusi sulle gambe. Distingue il profumo del padre, uno di quelli forti, da uomo, e quello di Camilla, dolce e fruttato. Non può fare a meno di chiedersi quanto stonato e inopportuno debba risultare il proprio odore in quella stanza. Teme che il tanfo della torre possa esserle rimasto attaccato addosso, segno indelebile e rivelatore. Ma Camilla e suo padre non paiono far caso a lei; sono immersi in quel silenzio soffocante, tutti presi dal gioco, mentre fuori il vento continua a fischiare.

Ginevra si sforza di restare immobile, come un rettile mimetizzato; è così ferma che sente un fremito ghiacciato percorrerle le gambe. D'un tratto un lampo rischiara la stanza, imbiancando i tre volti. In quei pochi istanti che paiono dilatarsi all'infinito, Ginevra guarda Camilla e poi suo padre, scoprendo la prima con gli occhi aguzzati su di lui, quasi a volerlo imprigionare, e il secondo, come se quella luce quasi onirica autorizzasse l'inammissibile, a fissare lei, Ginevra. Subito dopo, la stanza risprofonda nella penombra. Camilla e suo padre sono di nuovo concentrati sul gioco; Ginevra, invece, avverte un leggero senso d'inquietudine, eppure allo stesso tempo è sollevata, quasi che di colpo, anche se per una via ambigua e non del tutto lecita, fosse un po' meno estranea a quel posto, a quelle persone.

La partita si conclude con l'esultanza di Camilla.

«Non mi fai vincere apposta, vero?» mugugna, gettando le braccia al collo del padre.

«Sei troppo forte» ribatte lui.

Ginevra si alza in piedi. «Io vado.»

Nella stanza di Camilla s'infila il cappotto, prende lo zaino e ritorna in soggiorno.

«Ti accompagniamo a casa» dichiara Camilla all'ingresso, le spalle curve, il tono un po' dimesso.

La governante la fulmina con lo sguardo. «Da brava, Cami, fai compiti, adesso.»

«Ma li faccio dopo!» piagnucola lei, implorante verso il

padre, che infilandosi il soprabito taglia corto: «Ascolta Paloma. Vai a fare i compiti. Ginevra l'accompagno io».

«Torno a casa da sola, grazie lo stesso» interviene decisa Ginevra.

Claudio dà una breve occhiata oltre la finestra. Spazzato dal vento, il cielo adesso è punteggiato di stelle. «È tardi» dice senza guardarla né ammettere repliche.

Poi si avvicina a Camilla, e come piegato da un improvviso senso di colpa si curva su di lei per baciarle i capelli.

«Forza, vai con Paloma» le sussurra dolcemente.

Ma Camilla non sembra più ascoltare. Si guarda intorno, già tranquilla: Ginevra è sparita. Esce dalla porta ancora spalancata e si sporge nella tromba delle scale, chiamandola forte.

Rientrata in casa, solleva le spalle in direzione del padre, che la guarda interrogativo.

«Non si vede più» dice, e d'un tratto ubbidiente, va in camera sua.

Ginevra sbatte nel consueto odore di casa sua, quel miscuglio di muffa e detersivo alla lavanda che s'insinua su per le narici e si annida al centro della fronte, proprio tra le sopracciglia. I pensieri si bloccano in quel punto preciso, come incrostati, lasciandola stordita. Infilate le chiavi nel cassetto, apre la finestra e si lascia cadere sul divano. Abbassa la cerniera laterale degli stivali che crollano sul pavimento come animali sventrati, poi si sdraia sui cuscini, immobile, mentre la stanza le si stringe attorno col suo arredamento scarno, pateticamente curato in ogni dettaglio. Le tende arancioni come le presine che pendono dalla credenza, gli oggetti disposti sul ripiano rispettando una distanza precisa: questa simmetria, quest'ordine studiato e meticoloso, la ripugna. Per quanto sua madre non riesca a rendersene conto, ogni cosa, in quella casa, tradisce lo sforzo di attribuirsi una parvenza di umanità e bellezza, nascondendo maldestramente la corsa alla sopravvivenza che è invece la loro vita, che nulla ha di bello, né di umano.

Davanti a lei, la finestra incornicia la distesa malconcia di terra e prato che si spande fino all'orizzonte, delimitata da una fila di palazzi dalla geometria essenziale, contenitori di esseri umani stipati come oggetti in cantina. Esistenze senza significato, prodotti organici dell'accoppiamento. Topi. Sopra quel grigiume di terra e case si stende un cielo sfavillante, così luminoso che perfino il paesaggio desolato che sovrasta, riflettendo tanto splendore, sembra a tratti capace di rivelare una certa bellezza. Quel cielo, che si spande ben oltre la torre, ben oltre i confini del suo sguardo, è lo stesso che sovrasta l'edificio della scuola, la casa di Camilla e il quartiere che li avvolge, e si estende oltre ancora, al di là della città, fino al mondo intero. Sembra volerle gridare che esistono cose sconosciute, possibilità che neanche immagina; che niente le è precluso a priori. Riesce quasi a vedere le città, i grattacieli e le piazze gremite di gente, le strade in cui migliaia di vite s'incrociano. Boschi, fiumi e cascate, e poi, alla fine di tutto, il mare, come a voler dire che la fine è solo un altro inizio, di qualcosa di più immenso e più stupefacente ancora. Avverte allora un formicolio nelle gambe, una specie di urgenza di andare, di attraversare e vivere quello spazio nuovo – e insieme la rabbia, annidata sul fondo dello stomaco, mortificante e paralizzante, di non sapere come.

Nella sera che oscura la stanza, tingendo le pareti e i mobili di una squallida cortina d'ombra, è prigioniera, impotente come non mai. Allunga mollemente la mano sul cuscino dietro di lei, cercando a tentoni il telecomando. In tivù c'è una diretta del "Grande Fratello". Valeriana, una ragazza dai capelli corti biondo platino e il fisico scolpito, si confida piangendo con un'altra giovane donna, dalla pelle caffelatte. Entrambe se ne stanno sdraiate su un ampio divano bianco, in mezzo a una stanza vuota, tutta bianca anch'essa, al cui centro troneggia una vasca idromassaggio illuminata da luci blu. Nell'acqua c'è un ragazzo dalla testa rasata, i bicipiti tatuati. Valeriana sta raccontando all'altra di un litigio tra lei e qualcuno che, dalle inquadrature, s'intuisce essere il ragazzo nell'acqua. Si alternano le immagini del volto rigato di lacrime di lei e di quello muto, inespressivo di lui. Ogni cosa, lì dentro, è come fuori dal tempo. Quelle persone sembra non debbano invecchiare mai, né quegli oggetti deperire; nessun cambiamento pare necessario o sul punto di accadere. Ginevra resta a guardare meravigliata; si vede rispecchiata in quell'immobilità che, anche se in un ambiente più misero e solitario, pervade anche lei.

Il programma stacca dalla diretta. Intervallati da una musica e montati tra loro, passano spezzoni della prima serata.

«Cosa faresti con i soldi, se vincessi il "Grande Fratello"?» chiede la conduttrice a Valeriana.

«Viaggiare» risponde l'altra senza esitazione. È appoggiata allo stipite della porta, in un lungo e seducente abito argentato, un'ombra di paura nello sguardo.

Quando parte la pubblicità, Ginevra cambia canale senza spostarsi dall'incavo tra i due cuscini in cui è finita. C'è un programma di viaggi. Un uomo anziano, i capelli rosso volpe scompigliati dal vento e un grosso microfono in mano, solca il mare a bordo di un gommone. Alla fine della sigla parte una carrellata d'immagini di alcune città italiane. La telecamera s'insinua per le strade del centro, indugia sui volti delle persone che passeggiano mangiando un panino, sui negozi, i monumenti. Si sofferma sul sorriso della gelataia che serve un cono a una cliente. È stata stilata la classifica delle città più felici, spiega la voce fuori campo: quelle in cui le persone vivono più serenamente.

Ginevra spegne il televisore, si alza e si avvicina alla finestra. Oltre lo scheletro di un palazzone abbandonato, sulle colline verdi in lontananza, un treno dell'alta velocità scorre via tra gli alberi, lucido e scintillante. È talmente bello da sembrare finto, uno di quei modellini visti qualche volta in tivù. Ginevra ha la precisa sensazione che il passaggio di quel treno, in quel punto e in quel momento, non sia casuale: riguarda lei. Un giorno ci salirà e sparirà laggiù, oltre la natura sconfinata, nel mondo che da qualche parte esiste. Va in camera sua. In piedi accanto al letto guarda il salvadanaio che tiene sullo scaffale, un barattolo di vetro che lei stessa ha dipinto con le tempere quando era piccola.

Era stata un'idea di Mara. Era arrivata con quei due vasetti vuoti e le aveva passato un pennello. Mentre lei si sforzava di trovare uno straccio d'ispirazione, Mara creava sul proprio barattolo un paesaggio marino surreale, un miracolo di sfumature del blu, popolato da creature magiche; lunghe code evanescenti, squame variopinte sui corpi. Ancora oggi, ogni volta che lo vede brillare sulla scrivania di Mara, deve sopportare una fitta allo stomaco. Afferra dallo scaffale il suo barattolo-salvadanaio, coperto di fiori sbilenchi, un'accozzaglia disarmonica di colori.

Svita il tappo e rovescia il contenuto sul letto. Si spargono sulla coperta monete di taglio diverso, oltre a un paio di banconote da cinque euro. Raggruppa le monete in base al valore, poi fa il conto esatto di quanto ha: ventisette euro e sessanta, frutto dei suoi risparmi e del lavoro di baby-sitter. Rimette tutto nel barattolo, ma prima di avvitare il tappo lo svuota di nuovo e ripete l'operazione. I venti centesimi da una parte, i cinquanta dall'altra. Un euro, due euro, cinque euro. Ventisette e sessanta in totale. La precisione matematica di quelle cifre le infonde un piacere profondo. Dichiara una verità assoluta, indiscutibile, definisce la misura esatta della sua libertà. Sente pungere gli occhi; finalmente uno scopo le balena davanti. Farà lievitare quella cifra, concentrerà i suoi sforzi su quell'obiettivo, e quando lo avrà raggiunto se ne andrà dove vorrà, unica padrona della propria vita. Sarà la sua certezza, lo snodo focale della sua esistenza. Ogni cosa verrà lentamente ricondotta a un senso.

Rimette tutto a posto con la sensazione di aver vissuto fino a oggi come in sospeso, in attesa di qualcosa che non sapeva nemmeno cosa fosse. Riavvita il tappo ansiosamente, con un senso di fretta addosso. Fretta di uscire, di andare, anche senza sapere dove, né come.

7

Eleonora si pizzica la guancia – indice in bocca, pollice fuori – e la rigira per vedere l'interno. L'afta è proprio lì, un cratere bianco e schifoso circondato da un'aura rossastra. Non ha mai sopportato il dolore, e quella bolla sulla mucosa ne provoca uno pungente. Eppure, per quanto si sforzi di non pensarci, la lingua ogni volta torna lì, a spingerci sopra. Vede nello specchio il proprio volto deformato, allora molla la presa e tutto si rimette a posto: la pelle tirata dall'ultima punturina, i capelli setosi. Dal parrucchiere c'è stata l'altroieri, anzi, no, doveva essere ieri.

Mentre cammina in direzione dei negozi, la lingua continua a insistere sull'afta; ogni volta che la centra, la fitta la costringe a rallentare. Davanti al negozio di intimo si ferma. Perché è venuta qui? Non se lo ricorda. Forse voleva comprare le calze blu da mettere col vestito che piace a Claudio. Adesso però non ne ha voglia, c'è quella commessa giovane che la guarda sempre male.

In giro c'è la desolazione dei giorni feriali, si vedono solo donne mature che fanno spese, colf che portano fuori il cane, fattorini. Nella vetrina della boutique, i vestiti sono gli stessi di ieri e dell'altroieri. Torna indietro fino alla farmacia, magari potrebbe prendere qualcosa per l'afta.

La fila, dentro, arriva fino alla porta, le persone aspettano immobili e c'è silenzio. Fa per uscire, ma all'improvviso si ferma: al bancone è il turno di una donna, capelli biondi e dritti, tailleur grigio. Ha l'aria un po' più stanca dell'ultima volta che l'ha vista, ma non c'è dubbio che sia lei, Vittoria. Facevano l'università insieme e per qualche anno sono state inseparabili.

Eleonora resta immobile a fissarla dal reparto dentifrici. A un tratto l'altra finisce, si volta e la vede. Eleonora non fa in tempo a distogliere lo sguardo che già Vittoria viene verso di lei, la chiama quasi urlando di gioia.

È un susseguirsi di complimenti e piccole cerimonie. Eleonora prova a starle dietro, ma è esausta, vorrebbe sparire.

«Ho sentito che hai vinto un posto da ricercatore» dice a un tratto, senza nemmeno volerlo, solo per l'urgenza di coprire un silenzio improvviso e insopportabile.

«È così» sorride l'altra, stesso sguardo fermo di una volta. Poi le sfiora una spalla: «Tu stai bene?».

«Sto bene» Eleonora abbassa gli occhi. Li risolleva in imbarazzo. «Solo che ho quest'afta che non mi lascia in pace.» Ride, sfiorandosi la guancia.

Vittoria sorride di nuovo, ma stavolta a labbra strette, a disagio. Fa una leggera alzata di spalle, come se di colpo avesse fretta. «Spero di rivederti presto» dice.

Eleonora esita, poi lentamente annuisce. Ma Vittoria si è già voltata, e col suo solito passo sicuro se ne va.

Vanda apre il portellone e inizia a trasferire i sacchetti dal carrello al portabagagli. «Da domani devi prende l'autobus. Io t'accompagno al capolinea e vai a scuola da sola. Stiamo a spende troppo, de benzina. La mattina te devi sveglià prima. Quando posso, te vengo a prende all'uscita.» Parla senza guardarla, i muscoli tesi sulle braccia.

«Ma', io voglio lavorà. Il capo tuo non me chiama più pe' fà la baby-sitter, il figlio adesso è troppo grande. Puoi sentì se casomai le serve una pe' le pulizie?»

Vanda si blocca con un sacchetto in mano, rivolgendole occhi colmi di orrore. «Sei impazzita?»

«Perché? I soldi ce servono.»

Vanda posa il sacchetto e respira a fondo, lontana. È persa oltre il parcheggio del centro commerciale, al di là delle macchine che sfrecciano una dopo l'altra sulla strada vuota. «Forse tu non hai capito. Se te metti a fà le pulizie adesso, fai le pulizie pe' sempre. Vuoi fà la fine mia? Vuoi restà alla torre pe' sempre? Ma non ce l'hai un po' de ambizione?» Socchiude gli occhi e scandisce le parole lentamente, per calmarsi da sola. «A scuola tua ce sta gente perbene. Sai quanto ce metti, a trovà uno che t'adora? Che t'adora, Ginè: che te sposa perché pe' lui sei come la Madonna.» Fa una lunga pausa. «Che te fà fare un fijo perché vuole mette al mondo uno che te somiglia. No come tu' padre, che se ce stavo io o un'altra, pe' lui era uguale. Che t'ha fatto perché non è riuscito a tenesselo nei pantaloni, e co' 'no spruzzo m'ha incatenata a 'sta vita.»

Dopo un breve silenzio, abbassa il portellone e si specchia nel vetro, premendo gli indici sulle tempie per tirare la pelle indietro. Fa sporgere impercettibilmente le labbra in avanti, una specie di bacio immaginario.

«Vai a posà il carrello» dice, scoraggiata, un cenno veloce della testa.

Ginevra spinge il carrello fino in fondo al parcheggio, vicino alla strada. Al di là della carreggiata, nella vetrina del sex shop che sorge solitario in mezzo al niente, c'è una grossa bambola di plastica: un buco rotondo tra le gambe aperte e un altro tra le labbra spalancate. Spessi fili di plastica arancione al posto dei capelli. Sulla fronte svolazza un post-it giallo. C'è scritto a penna "1000 euro".

Le due e mezza, Mara scende i gradini cascando da uno all'altro, le gambe rigide, il collo che a ogni colpo s'incassa nelle spalle. Il pomeriggio è lungo, ha salutato l'ultima cliente due ore fa e già la noia le pesa addosso. Sul piazzale c'è un viavai di gente che torna a casa, qualcuno invece mette il naso fuori solo per una boccata d'aria, ma inizia a far freddo, si rientra subito.

Speranzosa, costeggia l'edificio e svolta dietro. Un'umidità spessa ricopre la terra gelida fino ai palazzi che s'intravedono in fondo. Fabio e Damiano stanno in piedi, le spalle poggiate al muro, lanciano sassi stancamente. Al suono dei suoi passi si voltano di scatto.

«Lei non c'è?» chiede Mara tra le labbra, sorridendo quasi.

Damiano resta a fissarla, impietrito dalla delusione, mentre Fabio abbandona di nuovo la schiena indietro, lieve, una contrazione impercettibile delle sopracciglia.

Mara si avvicina. Ai loro piedi ci sono calcinacci caduti dal muro. Si sono distribuiti in una forma strana; nel bianco della calce sulla terra scura, come il negativo di una foto, le pare di vedere un profilo di donna. Naso dritto, occhi taglienti e lontani. Sembra Ginevra. La sua immagine la tormenta anche quando non c'è.

La fissa a lungo, rapita, seguendo il flusso dei capelli che cadono in vortici sinuosi, la curva tondeggiante delle labbra, gli zigomi; non sente nemmeno i bisbigli degli altri, i loro passi mentre vanno via.

Camilla le studia le unghie da lontano. Sembra intimorita, allo stesso tempo affascinata. «Chi te le ha fatte?» domanda all'improvviso.

Ginevra osserva la sua sicurezza dissolversi in polvere. «'N'amica mia. È bravissima.»

«Dovrei farle crescere un po'.» Camilla si fissa la punta delle dita, le unghie corte e irregolari.

Sono sdraiate l'una accanto all'altra sul piumone rosa. Ginevra si è abituata alla sensazione che si avverte in quella stanza. Le pareti le avvolgono come un utero. Il tempo scorre a un ritmo suo, per lasciare loro il modo di svilupparsi. Così è per Camilla, e a lei, che se non per diritto vi ha accesso per concessione, è permesso in quegli istanti mettersi nei suoi panni; sperimentare, come una breve incursione nella vita dell'altra, quel che si prova.

Ginevra sente il rumore lontano delle chiavi nella serratura. Si volta verso Camilla, aspettandosi che scatti in piedi come l'ultima volta. Invece non si muove, è persa nel suo mondo.

«Credo sia arrivato tuo padre» le sussurra.

Camilla pare svegliarsi da un sogno. Punta i gomiti sul letto, il collo teso. Al tonfo della porta di casa, si alza e corre fuori dalla stanza.

Ginevra resta sola, a disagio, a contemplare brevemente il cielo scuro oltre la finestra. Raccoglie le sue cose e senza far rumore esce dalla camera. In soggiorno vede una donna. È la madre di Camilla, la riconosce dalle foto nelle cornici. Non lontano da lei, Camilla e suo padre sono vicinissimi. Tutti e tre paiono come irrigiditi.

«Claudio, accompagni tu la ragazza a casa? Piove» dice la madre. Ha una voce flebile, che va spegnendosi poco a poco.

Il silenzio, per un attimo, si fa ancora più denso e appiccicoso.

Lui annuisce, cordiale, poi esce di casa lasciando la porta spalancata. Camilla saluta Ginevra con la mano e rassegnata si allontana lungo il corridoio. Anche la madre è scomparsa, senza congedarsi; nella stanza è rimasta solo Paloma, che la invita cerimoniosamente ad andare.

Ginevra esita un momento, poi esce sul pianerottolo. L'uomo ha già sceso alcuni piani, affacciandosi alla tromba delle scale può vedere la manica scura del soprabito lungo il corrimano di marmo. Ginevra inizia a scendere, soffermandosi a osservare i grandi quadri appesi alle pareti. Quando arriva al portone, riconosce l'auto blu nel cortile battuto dalla pioggia. Oltre il finestrino s'intravede lo scintillio di due occhi freddi. L'auto avanza piano verso di lei.

«Torno a casa da sola, non c'è bisogno» dice non appena il finestrino si abbassa di un palmo.

«Con questo temporale? Dài, sali in macchina» ribatte lui.

Ginevra riconosce quel tipo di autorità. La vede incombere su Camilla e su tutte le ragazze come lei, che in cambio dei loro privilegi non hanno possibilità di scelta. La vede nei professori della scuola, che credono di poterle dire ogni giorno cosa fare; è la stessa che le viene così facile sfottere, e ignorare. Tuttavia, in lui, nei suoi occhi che la guardano torbidi, c'è qualcosa di più rivoltante: la putrescenza delle cose marce, che dovrebbe ripugnarla, e che invece l'attrae e la invischia, perché ha un che di familiare; qualcosa di osceno che è anche in lei.

Esce sotto la pioggia e attraversa i pochi metri che la separano dall'auto. Apre lo sportello. L'abitacolo è impregnato del profumo di lui. Sul cruscotto, sopra un lucido schermo nero, scintilla una sfilza di numeri blu e rossi. L'altoparlante diffonde la musica di un pianoforte.

«Dove abiti?» domanda lui mettendo in moto.

«Lontano» ribatte Ginevra.

La pioggia rallenta il ritmo fin quasi a smettere.

«Mi può lasciare alla fermata dell'autobus, quella di corso Istria va bene.»

Il cancello condominiale si apre davanti a loro e l'auto scivola sull'asfalto fradicio. Ginevra ha la sensazione che avanzi più lentamente di quanto dovrebbe, come se l'andatura si fosse sincronizzata sui loro pensieri. Entrambi tengono gli occhi sulla strada.

«E come mai vieni a scuola da queste parti?» chiede lui quando l'auto prende velocità, mentre la pioggia torna a battere più forte.

Ginevra accarezza il tessuto che ricopre il sedile sotto di lei, vellutato, incredibilmente morbido. «Mi' madre vuole così.»

Continua a guardare la strada, ma gli occhi di lui se li sente addosso, avverte quel calore, quel senso di intromissione. Riesce a percepire la curvatura delle sue labbra, il fremito che cercano di trattenere.

«Quanti anni hai?»

Ginevra segue col dito il percorso di una goccia lungo il vetro. «Gli stessi di Camilla.»

Dallo scroscio violento della pioggia emerge il ticchettio della freccia lampeggiante. L'auto si avvicina al marciapiede. Il palo giallo della fermata si erge in mezzo alla piccola nuvola bianca che la pioggia solleva picchiando sull'asfalto.

«Arrivederci.» Ginevra afferra lo zaino e fa per uscire, ma la leva dell'apriporta le rimbalza tra le dita, riecheggiando nell'abitacolo. La sicura è bloccata. Si volta verso di lui. Claudio sta scrutando il marciapiede, riflette, poi le rivolge uno sguardo inespressivo. Per un attimo, Ginevra crede di leggervi una premura nei suoi confronti; riempie gli occhi vuoti di lui della stessa espressione che avevano al cospetto di Camilla, dello stesso istinto di protezione. Subito dopo, se li vede precipitare sul busto, molli e velenosi.

«Sta piovendo troppo forte, ti porto alla prossima fermata.» Lui ha una voce decisa, eppure impercettibilmente tremante. Inserisce la prima, aziona la freccia e parte, il tutto con movimenti lentissimi, controllati. In quel momento esatto, Ginevra coglie la differenza tra il desiderio di Claudio e quello di tutti gli altri uomini. Il Poeta, Damiano, i ragazzi della scuola: come zanzare, loro vogliono succhiarle il sangue. Claudio, invece, per averla sarebbe disposto a dare. A rischiare, persino.

L'auto si arresta a bordo strada, vicino alla fermata successiva del bus, mentre gli altri veicoli continuano a sfilare col loro rombo intermittente. Ginevra non accenna a scendere. La pervade di nuovo quella freddezza, quella lucidità glaciale. Mai, prima d'ora, ha avvertito così nitidamente la possibilità di compiere una scelta. Si è aperta una fessura nello svolgersi ordinario delle cose, un buco nero in grado di deformarle l'esistenza. Sta a lei decidere se insinuarvisi e incidere sul futuro che l'aspetta, oppure lasciare tutto com'è previsto che vada.

Si volta verso di lui, lo guarda sfrontata. «Se vuoi, possiamo facce un altro giro» sente la propria voce dire. Poi, come cercando un qualche segno di quelle parole su di sé, guarda il riflesso nello specchietto che ha davanti. Sul proprio volto vede spiccare occhi famelici, resi più vivi dall'attesa urgente.

La pioggia ticchetta più forte sul parabrezza e sui finestrini. Senza guardarla, né proferire parola, lui inserisce la prima. Lenta e silenziosa, l'auto si stacca dal marciapiede e si reimmette nel flusso della strada.

Gli pneumatici si lasciano dietro scie di schizzi lucenti. Man mano che procedono lungo la tangenziale, il buio si fa più fitto e lo scenario attorno a loro si dirada. La città svanisce poco a poco, e così, all'interno dell'auto, i botta e risposta tra loro. Stanno in perfetto silenzio quando, dopo la rotonda malconcia, l'auto si infila in un sentiero sterrato. Lui guida adagio voltandosi di qua e di là, studiando il posto. Più si allontanavano dalla città, più sprofondavano nell'abbandono che la circonda, più Ginevra sentiva i propri respiri farsi profondi e una calma ancestrale avvolgerla, quasi che quel movimento verso la periferia ribaltasse tra loro la relazione di potere. I pensieri diventavano via via sempre più nitidi.

In uno slargo, l'auto si ferma. I fari rischiarano due spicchi di fango e, in fondo, la vegetazione fitta. Lui gira le chiavi nel cruscotto. All'improvviso vengono inghiottiti dalla notte. In quei pochi secondi di totale oscurità, Ginevra si accorge di aver paura. Non di lui, né di quel che potrebbe succederle, ma di perdere, col buio, la lucidità che l'accompagna, di ritrovarsi all'improvviso in balia degli eventi, senza saperli controllare.

Passano pochi secondi prima che lui accenda il faretto dell'abitacolo. Ritagliata sull'oscurità surreale che li circonda, la sua faccia adesso le appare molto più comune di come le era sembrata la prima volta, perfino ordinaria. Così da vicino, assomiglia misteriosamente a quella del Poeta: la dentatura perfetta di Claudio si confonde con quella gialla e piena di buchi, da cui un alito fetido le soffiava addosso; la bocca signorile con quella smunta e rugosa del vecchio, contratta in una smorfia di morte; la mano, liscia, con quella callosa che teneva stretta la sua, guidandola in un luogo umido e repellente, in su e in giù, mentre lei, ubbidiente, non osava sottrarsi, per paura di ciò che avrebbe detto sua madre. E intanto diventava ogni giorno più brava a non provare niente; iniziava a sentire che quanto le stava accadendo, anche se sgradevole, era una conseguenza di quel suo dono, l'unico che la vita aveva voluto concederle: essere desiderabile agli occhi degli uomini. Qualcosa di cui un giorno sarebbe stata grata, qualcosa che prima o poi l'avrebbe salvata. Adesso, accomunati dalla stessa brama che devasta loro il volto, Claudio e il Poeta non sono poi così diversi. La bassezza di Claudio non è diversa da quella di qualunque disperato della torre; lui e Ginevra, persino, non sono in fondo così diversi.

Mentre Claudio perde tempo in passaggi che lei non sente necessari – si accende una sigaretta, verifica il funzionamento dell'orologio sul cruscotto, dice frasi sconnesse a proposito del clima –, Ginevra inizia a sbottonarsi il cappotto e se lo sfila lentamente, soffermando con soddisfazione lo sguardo sulla gola di lui, tesa e immobile, ingolfata dal desiderio.

«Cosa ti serve? Vuoi che ti compri qualcosa?» chiede lui all'improvviso, ponendo così fine alla recita.

Ginevra si accorge che anche lui ha paura, ma cerca maldestramente di nasconderlo. «Voglio soldi» ribatte. «Cento euro.»

Si accorge subito che avrebbe potuto sparare più alto, lui non avrebbe avuto da ridire. Lo capisce dagli occhi liquidi, arrendevoli, che ormai gli dilagano sul volto, ancora irrigidito per lo sforzo di mantenere l'aura di rispettabilità cui lei ha smesso di credere.

Restano incagliati in un momento di immobilità che lascia cupamente presagire ciò che sta per accadere. Poi, come se all'improvviso le ultime difese fossero crollate, lui allunga la mano e le accarezza la testa, fino alla coda di cavallo, lasciando che i capelli scorrano tra le dita eleganti. Ripete il gesto di nuovo, ma questa volta stringe e tira, obbligandola a piegare il collo indietro. La guarda per un attimo, poi le infila in bocca la lingua rigida, fino alla gola. Ginevra si sente soffocare, allora rilassa i muscoli e respira col naso; vuole fare le cose per bene, vuole che sia contento.

La mano allenta la presa sui capelli. Lui le sta fissando spudoratamente le cosce fasciate nei jeans attillati. Le solleva un po' il maglioncino, per vedere meglio la curva dei fianchi. Ginevra se lo alza fino al mento perché veda che non indossa il reggiseno. Gli occhi di lui brillano, c'è perfino una certa tenerezza nel suo sguardo. Torna a sfiorarle i capelli, ma questa volta scivola con la mano dietro la nuca e come un macigno spinge giù. Si apre i pantaloni e se lo tira fuori. Le mette due dita in bocca, separa le labbra e glielo infila dentro a forza. Ginevra ne avverte l'odore acre, il sapore acidulo, la ruvidità dei peli sul palato, il modo in cui cambia forma e consistenza. Aspetta che quella contrazione dello stomaco passi, certa che, dopo, sarà come se non ci fosse mai stata. Finisce in fretta. Si tira su. Nell'abitacolo l'aria è opprimente, tutt'intorno le fronde nere degli alberi sono mosse dal vento. C'è silenzio; solo, in lontananza, il rombare delle auto sul raccordo. Lui giace accasciato, come privo di sensi. È ancora viva; tutto sommato, la stessa di prima.

Claudio guida senza parlare fino alla tangenziale, il gomito appoggiato allo sportello, fuma. Nei suoi occhi strizzati, nei lineamenti tesi, Ginevra percepisce il fastidio che prova per la sua presenza: la stessa insofferenza che aveva creduto di avvertire poche ore prima, quando erano con Camilla a casa, adesso è una certezza concreta. Se potesse la lascerebbe dove sono, al bordo della tangenziale, e se ne tornerebbe a casa.

Invece, gli tocca accompagnarla e dirle anche due parole; è una persona perbene, certi convenevoli non può evitarli.

Lo vede trafficare con alcuni tasti sul cruscotto. La musica parte, si interrompe, riprende.

«Ho cambiato auto da poco» fa lui. Spegne la sigaretta nel posacenere. «L'audio è tutta un'altra cosa.»

La voce è grave e monocorde, fa pensare al rumore del treno sulle rotaie. Per un attimo, a Ginevra pare di essere cullata da quel movimento ipnotico che vuole portarsela via, oltre la campagna e le colline. Il suo sguardo corre lontano, nell'oscurità della notte che tutto cancella, in cerca di quell'allontanarsi che offre una speranza. Compare il cavalcavia. In fondo s'intravede la fermata del bus.

«I soldi» dice.

L'auto rallenta e s'accosta al marciapiede. Lui tira fuori il portafoglio, ne estrae una banconota da cento e resta così, fermo, col pezzo di carta verde e bianco tra le dita. Ginevra l'afferra, ma lui non lascia la presa.

«Ne vuoi altri?» dice scandendo bene le sillabe, la testa appena inclinata. In lui c'è una certa premurosa dolcezza. «Se ne vuoi altri, non devi dire niente a nessuno. Hai capito?»

Ginevra l'osserva: è ridicolo, col busto proteso in avanti e quel mezzo sorriso sulle labbra, tutto intento a essere convincente. Annuisce brevemente, poi sfila via la banconota.

Lui si appoggia allo schienale e sprofonda nel sedile. «Sai cosa succederebbe, se sapessero cosa hai fatto?»

Ginevra aspetta paziente che finisca. Nello spazio tra i due sedili si è infilata una foglia secca.

«Ti sbatterebbero in riformatorio fino a che diventi maggiorenne, ecco cosa succederebbe» sospira, come liberandosi di un peso.

Ginevra si volta di scatto. Gli pianta addosso uno sguardo così fermo e diretto che l'altro sembra arretrare impercettibilmente.

«Lo dico per te, credimi» aggiunge lui.

«Io faccio quello che voglio» dice lei, «e lo faccio perché lo voglio. E non ho bisogno de raccontà le cose mie a nessuno.»

Infila i soldi nella tasca dello zaino e la richiude attentamente. Apre lo sportello, ma prima di scendere si gira un'ultima volta verso di lui.

«Giovedì mattina, dopo la campanella, sto al bar vicino scuola» aggiunge sbrigativa. Scende dall'auto e sbatte lo sportello con violenza non necessaria. Si ritrova sola mentre la BMW si allontana, gli altri veicoli che le sfrecciano accanto, indifferenti. Sta impalata alla fermata, chiusa nel bavero e stretta attorno a sé stessa, come se avesse paura di perdersi, di tornare a casa e accorgersi di non essersi portata con sé.

Sono le undici passate quando varca il portone della torre. Ha cambiato quattro autobus e percorso a piedi la campagna nera. Ha avuto paura per i soldi: se avesse incontrato gli zingari avrebbe rischiato di perdere tutto. Ma ha camminato silenziosa nell'oscurità, invisibile, e tutto è filato liscio. Per un attimo, l'odore dell'atrio la fa sentire al sicuro. Si accorge solo adesso di avere le mani gelate, la faccia pure.

Vanda sta fumando in piedi davanti alla finestra. Le rivolge occhi profondi, pieni di pensieri in sospeso. Espira una boccata di fumo e spegne la sigaretta.

«T'ha riaccompagnato alla fermata il padre dell'amica tua, sì?»

«Sì, mamma.»

Vanda piega il collo in avanti, deglutendo lentamente. Butta giù a fatica l'insofferenza che percepisce in sua figlia. «La casa com'è?»

Ginevra vaga con lo sguardo per la stanza ma resta ferma, offrendosi all'interrogatorio. «Non lo so. Normale.»

Vanda emette uno sbuffo soffocato. Sta per dire qualcosa, ma perde il coraggio.

«Sò stanca, mà.» Ginevra ha gli occhi bassi, lo zaino sulle spalle.

Vanda spegne la sigaretta. «Vado da Ingrid» dice.

In camera sua, Ginevra chiude la porta a chiave. Si siede sul letto, apre lo zaino e tira fuori la banconota da cento euro. L'annusa, vi fa scorrere sopra le dita per tastarne la ruvidità. È la seconda volta che ne tiene in mano una, questa volta però è roba sua. Apre il salvadanaio e versa i suoi risparmi sul materasso. Centoventisette euro e sessanta in totale. Non aveva mai posseduto così tanti soldi. Sposta il letto, rimuove il battiscopa traballante e infila i cento euro nello spazio tra il legno e il muro, poi rimette a posto il listello incastrandolo bene. Sposta di nuovo il letto e va davanti allo specchio. Resta lì a lungo, persa, come se stesse fissando il vuoto. Ha la sensazione che tra sé e l'immagine riflessa corra una distanza infinita. Si toglie la maglietta e prende un reggiseno nel cassetto. Accorcia le bretelle, se lo infila, osserva i seni strizzati verso l'alto. Il campanello di casa suona. Sceglie una maglia scollata, una di quelle che sua madre le ha comprato e lei non ha mai messo, e la indossa. Le forme sembrano volerne schizzare fuori. Il campanello suona di nuovo.

Va in bagno, fa scorrere l'acqua nel lavandino e senza convinzione inizia a insaponarsi la faccia. Dal cassetto di sua madre prende un rossetto scuro, mentre il campanello suona una terza volta, seguito dalla voce di Mara che grida il suo nome: "Ginevra". Si passa uno strato di rossetto sulle labbra, mentre Mara la chiama di nuovo: «Ginevra, scendi?». Traccia una linea di matita sugli occhi, allunga bene le code verso l'esterno esagerando lo spessore del tratto. Eccede senza timore, come se quel limite che di solito sta attenta a non superare fosse ormai valicato, aprendo le porte a un mondo nuovo, libero da paure e confini, un luogo dove tutto è possibile. Osserva quell'insieme di connotati trasfigurati dal trucco, una specie di maschera buffonesca. Solo per una frazione di secondo, come se all'improvviso non potesse più sfuggire all'attrazione verso l'abisso, finisce per guardarsi negli occhi, dritto dentro le pupille. Lì, dove ogni ombra rimossa si condensa, s'imbatte nello sguardo, terrificante e morto, di una vecchia.

Oltre la porta non si sente più niente.

Claudio strofina un'altra volta il panno di daino sul cruscotto. Lo passa sul cambio, nel vano tra i sedili, sulla maniglia degli sportelli. Abbassa lo specchietto e si sistema i capelli: ha lo sguardo allucinato, il viso smunto. Si aggiusta il colletto della camicia e la giacca. Sale le scale, apre con le chiavi. Il soggiorno è buio. In cucina, di spalle, Paloma sta caricando la lavapiatti. Claudio passa oltre senza far rumore. La porta della camera da letto è chiusa, dall'interno arriva il rumore dell'asciugacapelli di Eleonora. Sollevato, entra nello studio e appoggia le sue cose. Poi va a chiudersi in bagno e s'infila nella doccia calda, pieno di esaltazione. Dentro di lui si è sprigionata una forza incredibile, un senso di potere sconosciuto. Non sapeva nemmeno cosa si provasse a fare esattamente ciò che si vuole, fregandosene di tutto il resto. Si trova in bilico sulla vetta e rischia di cadere, ma ha comunque raggiunto il punto più alto. Alfredo, Eleonora, suo padre: tutti se ne stanno là sotto a fauci spalancate, in attesa che un soffio di vento lo butti giù. Ma nessuno di loro ha idea di cosa voglia dire stare in cima, di quella sensazione di dominio assoluto e precario. L'adrenalina gli scivola nelle vene dilatate dall'acqua calda, inizia a sentirsi piacevolmente stanco, quasi svuotato. Si veste ed esce dal bagno, portandosi quel segreto per la casa, e solo per il fatto di custodirlo ha l'impressione di smettere all'improvviso di essere ospite nella vita di qualcun altro.

«Pronto a tavola, dottore.» Paloma gli serve il piatto e lascia la stanza. Claudio inizia a mangiare con calma, taglia i pezzi con cura, li assapora. Camilla entra in cucina poco dopo. È in pigiama, un libro tra le mani.

«Che è successo, papà?» Gli rivolge uno sguardo stanco, le occhiaie segnate.

«Sono dovuto tornare in studio, una seccatura. Non vi ha avvisato Paloma?»

«Sì, ce l'ha detto. Mi aiuti a ripetere scienze? Domani quella mi fa secca, me lo sento.»

Claudio affonda la forchetta nella crosta di patate che ricopre il merluzzo. «Va bene» ribatte con scarsa convinzione.

Camilla gli mette il libro davanti e con voce lagnosa inizia a ripetere la lezione: gli strati della Terra.

Claudio alterna una forchettata di pesce a una sorsata di vino bianco. "Non me ne frega un cazzo, piccoletta" pensa, mentre annuisce meccanicamente con un mezzo sorriso.

8

Ginevra e Camilla escono in cortile e raggiungono lo scalino in fondo, davanti al cancelletto chiuso da una catena arrugginita. Si siedono lì, lontano da tutti, con una visuale su tutti. Al centro del cortile, Matteo svetta in mezzo a un capannello di ragazzi che sembrano pendere dalle sue labbra. Ginevra si gira verso Camilla, che con aria cupa e persa fissa l'oggetto irraggiungibile del suo desiderio. Vorrebbe che fosse capace di vedere ciò che vede lei, la vacuità di Matteo, l'infruttuosità del suo essere al mondo.

«Lui ti guarda sempre» dice Camilla, all'improvviso.

Ginevra si volta di nuovo verso il campo: sulle labbra di Matteo troneggia un sorriso vuoto, colmo di strafottenza. «Se te voi fà guardà, te devi vestì in un altro modo.»

Camilla le fissa le gambe inguainate nelle calze nere trasparenti, gli stivali che sfiorano il ginocchio. «Io non ci riesco. Non sono come te.»

Ginevra resta bloccata un istante, stordita dall'esattezza di quell'affermazione. Camilla è stata talmente precisa nel definirle entrambe da renderle per un attimo vicinissime, e sancendo allo stesso tempo la lontananza siderale che le dividerà per sempre.

«Guarda che non è difficile. Prendi una gonna e te la metti.»

Camilla sorride, distante. «Non sono capace. Mi sentirei

a disagio. Vorrei che lui venisse da me senza che io debba far niente. Riesci a capire?» Col dito attorciglia una piccola ciocca di capelli vicino alla spalla.

Ginevra è incantata dalla sua ingenuità. Camilla non sa. Camilla non immagina neppure. Vive in un altro mondo, perfetto, tutto suo.

«Se vuoi, te posso prestà qualcosa io.»

«Tu l'hai fatto?» la interrompe l'altra.

«Cosa?»

«L'amore. L'hai fatto o no?»

Ginevra indaga nei suoi occhi carichi di attesa, e, le pare, vagamente accusatori. Riflette. «No.»

«Non ci credo.»

«E perché? Nemmeno te l'hai fatto.»

«No. Ma pensavo che tu...» Arretra leggermente, Camilla.

Ginevra esita. Non vuole mentirle. Pensa allo sguardo del Poeta, eccitato sul suo corpo. Alla mano che lui si prendeva e le restituiva umida e appiccicosa. Alle umiliazioni che infligge a Damiano, di cui lui sembra godere. Torna indietro a pochi giorni fa, fino a ripiombare nell'abitacolo buio. Sente il respiro ansimante di Claudio mentre lei, calma, gli avvolge il membro con la bocca. Rassicurata, conclude: «No. Nemmeno io».

Matteo si volta nella loro direzione, poi di nuovo. Ginevra ripiomba nel silenzio, quando si sente la campanella di fine ricreazione. La massa di studenti fluisce verso l'entrata. Camilla si alza e si unisce agli altri, mentre Ginevra resta lì, a osservarla allontanarsi. Vuole davvero renderla felice, e non solo per legarla più profondamente a sé. Per qualche ragione misteriosa, sente che è compito suo. Un dovere che ha verso Camilla, ma anche verso sé stessa. Deve far sì che conservi quanto lei ha perduto, uno stupore che forse non ha nemmeno mai avuto. Se non lo facesse, i conti non tornerebbero; non potrebbe andare avanti.

Le lezioni per oggi sono finite, la campanella è suonata da diversi minuti. Il cortile è vuoto, sfiancato dai passi e dall'impeto dei ragazzi. Ginevra è tra gli ultimi a uscire. Cammina fiaccamente, quando avverte qualcuno alle sue spalle. È Matteo.

«Vuoi venire al bowling, oggi pomeriggio?»

Ginevra si volta verso la strada. Oltre il cancello, Camilla va incontro a suo padre e lo abbraccia, prima di salire in auto con lui.

«Con Camilla?»

«No. Da sola.»

Ginevra si solleva un po' sulle punte, per raggiungerlo. «Ma che me stai a prende in giro?»

Matteo si sposta un ciuffo biondo dagli occhi. «Vuoi venire o no? Ci siamo tutti.»

Alle sue spalle ci sono due ragazzi; aspettano, i sorrisi beffardi sul punto di esplodere. Ginevra è piena di rabbia, se ne va senza dir nulla. Lo lascia lì impalato, gli amici delusi.

Esce in strada diretta al solito appuntamento. Vanda sta fumando in piedi, la schiena contro lo sportello della Fiesta. Il suo cappottino nero, nella luce debole di novembre, è più squallido che mai.

Succhia quel che resta della sigaretta e poi lo butta per terra, senza accennare a entrare in macchina.

«Chi era quel ragazzo?» Nella sua voce c'è un'insolita dolcezza, una specie di molle speranza.

«Quale ragazzo?»

«Quello che ce parlavi in cortile. Ho visto che ve siete allontanati, pe' non farve vedé.» Ha gli occhi arrossati, le pupille dilatate.

Ginevra avverte una fitta di nausea, un miscuglio di pena e disprezzo. «Niente, mà, è un amico» risponde con un filo di voce, sorridendo debolmente. Dopo un breve silenzio, aggiunge: «Suo padre fa il notaio».

Vanda tace. Quasi non respira per la commozione. «Stai

attenta, amo'. Non fà cazzate» dice poi, mentre con un braccio tremante le cinge le spalle. «Quella è gente perbene. Non te dà via, capito?»

Fabio è solo per chilometri in mezzo alla distesa dei campi. Il sentiero terroso si snoda tra l'erba bruciata, gialla come stoppa e come i suoi occhi, come l'accenno di barba che gli ricopre il volto. L'unica ombra è quella proiettata dal suo stesso corpo, le spalle ampie ma esili da far paura.

In primavera veniva qui con Ginevra. Si sdraiavano nell'erba verde e rigogliosa, punteggiata di viola e di bianco, del rosso struggente dei papaveri. Camminavano tutta la mattina per arrivare fin lì, dove la torre, all'orizzonte, non si vedeva più. Stavano zitti. Le poche parole tra loro si disperdevano nel vento, scomparivano come se non gli fossero mai appartenute. I pensieri sembravano uscire dalle loro teste e sollevarsi nell'azzurro sopra di loro, dove si volatilizzavano. Erano corpi, questo soltanto, anzi: erano un corpo solo. Fabio, almeno, sentiva così. La distanza fisica tra loro gli pareva innaturale. Aveva bisogno continuamente di toccarla, di fondersi con lei. La sofferenza per quei centimetri che li dividevano era lacerante, come se lo avessero privato di un braccio o di una gamba. Ginevra lasciava vicino a lui la sua carne viva, buona soltanto a farsi guardare e desiderare, e spariva dietro le palpebre chiuse. Fabio restava solo, a contemplarla e struggersi nel desiderio, senza osare chiedersi dove lei fosse realmente.

Adesso, intorno a lui tutto è vicino alla fine. La natura ha esaurito la sua carica vitale, l'autunno si è impossessato di ogni cosa. Siede sul motorino che ha appena rubato. Nella fuga il parafango s'è sporcato di terra e il vetro s'è riempito di moscerini morti. Spera che non gli facciano storie per questo. È la prima volta che lo fa, non sa di che gente si tratti. Fa scorrere il dito sulla carrozzeria lucida, nel punto in cui si riflette il sole. In quell'abbaglio, riesce a immaginare la faccia di Ginevra se lo vedesse arrivare sopra quello. Avrebbe la sua solita espressione di diffidenza e di rimprovero, ma lui saprebbe leggerci la sorpresa, perfino l'ammirazione.

Davanti a lui il sentiero prosegue serpeggiando nella campagna, fino a infilarsi tra i palazzi che circondano la tangenziale; nella direzione opposta, si perde in mezzo alla vegetazione. Aspetta un camion che trasporta pesce surgelato. Ciccio, il camionista, è un omone grasso e con una faccia cadente che lo fa assomigliare a un bulldog: così glielo hanno descritto. È a lui che deve consegnare la refurtiva. All'orizzonte, però, non si vede nessuno, eccetto qualche mosca, un grillo dalle ali rosse e grossi uccelli neri. Il cielo lo sovrasta come una larga coperta bianca e lanuginosa, l'aria è immobile come se preannunciasse qualcosa. Ginevra a quest'ora sta seduta in un'aula insieme ad altri venti studenti, a una trentina di chilometri da lì. I minuti per lei si susseguono fitti di cose da fare, compiti, lezioni, nuove amicizie. È spaventosamente lontana; non solo dallo spazio fisico in cui lui si trova, ma anche da quel tempo vuoto, fatto di ore diluite e senza fine passate a sperare che qualcosa accada, finché la mente non si perde in un senso di indefinitezza e sospensione.

D'un tratto, un ronzio continuo, una specie di fischio, stride nella quiete assoluta che lo circonda. Fabio scatta in piedi, ma in lontananza non vede niente, finché, in fondo al sentiero, non compare un puntino sbiadito, una macchia bianca che si va facendo più nitida. Man mano che si avvicina, Fabio distingue un vecchio motorino, un Ciao, che avanza pianissimo producendo un rumore spropositato, circondato da una nuvola di polvere. A bordo c'è un uomo piccolo, vecchio e scassato almeno quanto il mezzo che cavalca. Fabio torna a sedersi, di nuovo in attesa.

Quando il Ciao gli passa accanto, l'uomo si volta rivolgendogli un sorriso pieno di buchi. Poi rallenta fino a fermarsi. Dopo aver fatto inversione, si ferma vicino a lui e gli sussurra qualcosa di incomprensibile. Se non fosse per l'espressione inebetita, Fabio penserebbe che si tratti di un messaggero di Ciccio. L'uomo allunga un braccio ossuto; l'unghia nera e ritorta dell'indice quasi sfiora il viso di Fabio, che indietreggia disgustato.

«Che vòi?»

Il vecchio gli rivolge un sorriso ancora più largo mentre il boato di un invisibile caccia squarcia il silenzio. Poi gli appoggia il palmo ruvido sulla guancia.

Fabio scatta in piedi, pieno di una rabbia incontenibile. «Lèvete, froscio de mmerda!» grida chinandosi su di lui, fin quasi a sfiorargli la fronte con la sua. Dritto ed energico l'uno, ricurvo e cadente l'altro, sono alti all'incirca lo stesso, e per un attimo sembra quasi che questa coincidenza, questo incrociarsi delle rispettive evoluzioni fisiche, anche se procedono in direzioni opposte, in qualche modo li unisca.

«Lèvete dar cazzo, vecchio schifoso!» ripete più forte.

L'omino si allontana adagio con quel sorriso sdentato sulla bocca, rinforca il Ciao e, dopo aver soffiato verso di lui un bacio colmo di desiderio, riparte. Quest'ultimo gesto, in particolare, lo riempie di nuovo di una rabbia accecante. La capacità di reagire è per lui una novità, che lo rende orgoglioso. E pazienza se chi gliela provoca è debole e innocuo, anzi: lo fa sentire ancora più forte. Gli vien voglia di correre dietro a quel tizio e mostrare al mondo intero che ha il coraggio di ostentare quella rabbia, quasi che uno spettatore universale sia lì, a osservarlo in silenzio. Gli basterebbero pochi passi per raggiungerlo, data la velocità con cui si allontana. Poi si ricorda della refurtiva da consegnare, dell'omone e dei soldi che deve avere in cambio. Raccoglie un sasso bianco e spigoloso e lo scaglia verso il motorino, mancandolo di diversi metri. «Froscio de mmerda» ripete tra sé.

Torna a sedersi in sella, nel silenzio che è ricominciato identico a prima. È rassegnato ad aspettare, a sprofondare di nuovo in quel vuoto, in quella piattezza assoluta. Se solo

Ginevra lo avesse visto poche ore fa, mentre tirava le curve a Colle del Sole, sicuro e senza paura. Un furto liscio e perfetto, una fuga magistrale. Gli avrebbe rivolto uno sguardo di disapprovazione, sì, ma a partire da quel momento, ne è certo, avrebbe iniziato a vederlo diversamente; come uno che la vita ce l'ha in pugno, che non resta lì a guardarla passare. Sarebbero partiti insieme sul motorino, il seno di Ginevra schiacciato contro la sua schiena, i capelli neri svolazzanti dietro di loro come un velo cupo.

Un rumore di ferraglia buca il silenzio. Alza gli occhi. In lontananza è comparso un cubo di lamiera bianca, un furgone traballante. Viene colto da un istante di incertezza, il tempo di fare un respiro profondo e distinguere i pensieri che gli corrono fulminei davanti. Con gesto lento e preciso, gira la chiave e parte nella direzione opposta, verso i campi e la montagna, prima ancora che Ciccio, alla guida del camion, possa vedere la piccola nube di polvere bianca che si solleva dal sentiero, confondendosi col cielo ovattato.

Fabio aspetta accanto al portone d'entrata, la schiena contro il muro, sprofondato nell'ombra della torre. Da quando novembre è iniziato non si è più visto il sole. Lo slargo è intriso di umidità, poche figure incorporee lo attraversano ondeggianti. La Fiesta rossa arriva e riparte subito dopo. Ginevra è di spalle, rivolta verso la campagna, le gambe lunghissime sui tacchi alti e la gonna quasi invisibile. Sembra non abbia fretta di tornare a casa. Fabio si avvicina piano al suo corpo intoccabile, le sfiora lievissimo una spalla facendola sussultare.

«Sei te?» sbotta lei, dopo essersi voltata di scatto. «Che stai a fà? M'hai messo paura.»

«Te devo fà vedé 'na cosa.»

Camminano lenti, Fabio davanti, Ginevra dietro. Costeggiano l'ala est, dove il ferro arrugginito affiora dal cemento. Tra i rifiuti abbandonati, svoltano sul retro; sono abituati a non vedere le siringhe, i topi che rovistano nella spazzatura, quel degrado immobile, identico a sé stesso da quando erano bambini. Non c'è un alito di vento. In mezzo alle erbacce, la carrozzeria del motorino sembra brillare. Dopo aver lavorato al motore, Fabio ha passato la mattinata a lustrarla e lucidarla. Si accende una sigaretta.

Ginevra si avvicina al motorino lentamente, lo sfiora con la punta dell'indice come per controllare se sia vero.

«Dove l'hai preso?»

Fabio si gusta il momento prima che si tramuti in qualcos'altro. È solo per questo che l'ha fatto, per quei pochi secondi di considerazione da parte sua.

«Vuoi fà 'n giro?»

Lei fissa un punto del suo viso, come se fosse una sagoma irreale e dai contorni vaghi, una nuvola di fumo. Sulle labbra le scatta un sorriso nervoso che mette in mostra i denti bianchi, dritti, a eccezione del canino appena sovrapposto all'incisivo, un'imperfezione minima.

«Sei un coglione» sentenzia poi, fissandolo diretta in cerca di una reazione. Senza spazio per altre discussioni, si volta e si allontana. Lo lascia di nuovo solo con quella folle immagine in testa: loro due in sella, stretti l'uno all'altra, il vento nei capelli.

Il cielo è uno strato bianco che sembra abbassarsi piano, spingendo verso il basso il volo dei gabbiani. Il corpo sinuoso del motorino gli appare adesso un oggetto inutile. Le ore di fatica che ha passato a lavorarci per renderlo più leggero e veloce, con le mosche che gli tormentavano le braccia sudate e lo stomaco strizzato per la paura che lo trovassero, si comprimono nella sua memoria in un minuscolo buco nero, che esplode e svanisce al suono delle parole perentorie di Ginevra. Sale in sella, solo. Accende il motore, e con un rombo impazzito che sembra rimbalzare da un piano all'altro della torre, si fionda per la campagna.

Per strada c'è un pacato viavai di auto e genitori. Il culmine del traffico è passato e la gran parte degli studenti è già entrata a scuola. Illuminando i mattoncini della facciata, il sole delle otto sembra scomporsi in una miriade di minuscoli soli, conferendo all'edificio un aspetto principesco.

Ginevra si ferma davanti al negozio di abbigliamento, il fiato si condensa nell'aria fredda di dicembre. In vetrina c'è un bell'abitino a fiori, col cartellino che ne indica spietato il prezzo: duecentosettantacinque euro. Chiude gli occhi e immagina di indossarlo, i capelli sciolti e il volto struccato. Riesce a vedersi: sembra quasi una di loro. Quando riapre gli occhi, il riflesso del suo corpo sulla vetrina le sbatte in faccia, sovrapposto al manichino senza testa. Quel contrasto improvviso la fa vacillare. Ultimamente, quando al mattino si sveglia per andare a scuola, avverte una leggera nausea alla bocca dello stomaco. La sola idea di entrare in aula, di condividere per cinque ore quei pochi metri cubi di ossigeno con individui che non hanno nulla a che fare con lei, la disgusta.

Ormai regna una calma profonda, la scuola è immobile, silenziosa. Sembra di vedere, attraverso i muri, le aule ordinate e tranquille, gli studenti seduti, i professori che si aggirano tra i banchi. Ginevra si trova in una bolla sospesa, in questo momento non esiste. Avverte un sollievo preciso, e fame, una fame tremenda. Percorre adagio i metri che la separano dal bar. Ogni cosa, in strada, brilla di una forza disperata. Il cielo è spazzato da un vento cristallino, le foglie degli alberi luccicano come mille piccoli fari.

Il bar è un locale abbastanza squallido, dall'arredamento antiquato. Dentro non c'è nessuno, eccetto il proprietario, un vecchio dall'aria burbera che spazza il pavimento con movimenti nervosi. Una porticina conduce a una sala deserta con tavolini e sedie.

Ginevra si avvicina al bancone, chiede un cappuccino. L'uomo tossisce due volte e senza dir nulla va a prepararlo.

Chiede anche un cornetto semplice, che le viene servito sempre in silenzio. Conta le monete, le mette sul bancone, va a sedersi in sala. Stacca piccoli pezzi di cornetto che poi mastica a bocca aperta, come per non sentirne il sapore. Versa lo zucchero nel cappuccino e con il cucchiaino distribuisce i granelli sulla schiuma, lasciando infine che sprofondino nel liquido bollente. Si perde in quel tempo vuoto, dimenticando ogni cosa.

Ne esce bruscamente per via di un rumore di passi alle sue spalle. Tiene gli occhi fermi sulla tazza mentre i passi si avvicinano, l'aggirano, si fermano a qualche metro da lei. Il padre di Camilla si siede al tavolino di fronte al suo. Beve un caffè, controlla il cellulare, infine solleva uno sguardo freddo; è come se non fissasse lei, piuttosto il riflesso di lei in uno specchio. Mentre aspetta che qualcosa accada, davanti a quel volto, a quel corpo, a quei respiri, Ginevra si accorge di provare, suo malgrado, un senso di intimità, una familiarità che la sconvolge. Le gambe stanno molli sotto la sedia, le braccia e il collo tirano verso il basso. Lui si pulisce la bocca con un fazzoletto, poi si alza. Uscendo dalla sala, si avvicina.

«Ci vediamo al benzinaio grande, su corso Istria» dice piano.

Nella sala vuota, l'aria impregnata dell'odore del latte mischiato al caffè, Ginevra ha la netta impressione di riuscire a sentire il proprio corpo morto. Si concede alcuni secondi per raccogliere le forze e la volontà, poi esce dal bar portandosi dietro le gambe incerte, ma forti abbastanza da sostenerla. Cerca di ricostruire il groviglio di strade della zona. Avanza fino al negozio di abbigliamento, supera l'alimentari e l'emporio cinese. Svolta l'angolo e infila una stradina privata, che percorre adagio, assaporandone la quiete velata dal brusio delle aspirapolveri, da qualche voce al telefono. Sbuca sulla statale e aspetta che il semaforo diventi verde, poi attraversa. Cammina sul bordo della strada fino al benzinaio, lo supera, prosegue verso l'albero grande. Seduta sul guardrail, aspetta.

Qualche minuto dopo, riconosce il rombo della BMW, profondo come un ruggito. L'auto si ferma poco più avanti. Ginevra si alza e percorre gli ultimi metri. Lo spostamento d'aria di un camion in velocità la fa quasi sbandare. Lui le sorride. La polo verde scuro gli dà un'aria giovanile. Si è appena fatto la barba. L'auto parte senza che dicano una parola.

Percorrendo la statale, ha la sensazione che la città voglia espellerla. La stessa strada di campagna, lo stesso slargo in mezzo al nulla. Lui allunga la mano verso la nuca, come per farle una carezza; la guarda con quello scintillio negli occhi. Ginevra ne è disgustata. Vuole fare subito, vuole fare in fretta. Quando lui le accarezza la guancia col dorso delle dita lo lascia fare; fissa, oltre il vetro, la vegetazione mossa dal vento autunnale, che fischia infiltrandosi nelle fessure dei finestrini. La mano scende lungo il busto e ne percorre il profilo adagio. Ginevra non ne può più. Si piega in avanti per sbrigare quel che ha imparato, ma lui la blocca.

«Togliti quelli» ordina con un cenno del mento in direzione delle gambe. Ginevra si sbottona i jeans, li abbassa sulle cosce, se li sfila.

«Apri» ordina lui, scivolando con le dita sulla coscia, verso l'interno. Ginevra osserva gli alberi oltre il vetro. Immagina di attraversare la foresta di chioma in chioma, attaccata a una liana come Tarzan. Si accorge, imbattendosi negli occhi di lui, rossi e sporgenti, circondati da occhiaie scure, che della nobile austerità di prima non c'è più traccia. Le abbassa la scollatura, fino a tirarne fuori il seno. Ginevra lo ferma, non vuole che la stoffa si strappi. Si sfila il maglione, la canottiera, il reggiseno, piega ogni cosa con cura e appoggia tutto sul sedile posteriore. Lui le prende i seni nelle mani, li accarezza, inizia a strizzarli come se volesse romperli. Ginevra lascia il dolore inascoltato. Si allontana sempre di più, tra le chiome degli alberi che brillano fuori, lascia lì soltanto l'ammasso di materia che porta il suo nome. Lo asseconda per bene, sale sulle sue ginocchia come lui la invita a fare.

«Voglio entrarti dentro» lo sente biascicare. Rilassa i muscoli e chiude gli occhi. È arrabbiata con sé stessa. Avrebbe dovuto chiedergli di più.

La strada antistante la scuola è vuota. Nell'aria si percepisce l'energia trattenuta dalle mura dell'edificio, che esploderà tra poco al suono della campanella. Ginevra corre fino al cancello. Il cortile è ancora deserto. Si siede sul muretto e aspetta, finché gli studenti erompono dal portone. Allora si unisce alla fiumana che si riversa verso la strada, affollata di auto parcheggiate in doppia fila, motorini, genitori fermi ad aspettare. Ecco la BMW blu scuro. Claudio sta in piedi di fianco alla vettura, la schiena contro lo sportello, le braccia incrociate. Camilla precede Ginevra di qualche metro. Appena vede il padre inizia a correre verso di lui, che le va incontro allargando le braccia, come fosse una bambina.

«Se po' sapè se te sei fatta degli amici?» Le braccia di Vanda sono tese sul volante, il collo dritto. Sono già sul raccordo. È rimasta in silenzio fino a ora, quasi avesse bisogno, prima di parlare, di allontanarsi da un posto che non sentiva suo.

Ginevra non risponde. Tiene lo sguardo oltre il finestrino, sull'edificio in costruzione circondato da cantieri abbandonati, invasi dalle pecore. Non riesce a smettere di pensare ai soldi. Avrebbe dovuto dirglielo, pretendere che questa volta le desse di più. Non ci è riuscita. Non voleva che lui pensasse che quanto accaduto stamattina fosse per lei in qualche modo importante, che gli attribuisse un valore diverso.

Pretende, lei stessa, di non percepire differenza nelle cose che fa con lui. Di vivere tutto come fosse niente.

E infatti si sente calma.

«Almeno ce parli co' qualcuno?»

Ginevra si volta verso di lei. Il silenzio si carica di una tensione insopportabile. «C'ho un'amica. Te sta bene?»

Vanda le rivolge uno sguardo duro. «È bella?» indaga, sollevando il mento in un piccolo scatto.

«Che te frega se è bella o no?» Ginevra arranca, prende tempo, costruisce una barriera difensiva sotto i colpi inferti da sua madre.

«Me frega. Le belle sò pericolose.» Vanda è lontana, oltre l'orizzonte del raccordo che scava in mezzo al verde profondo dei prati. «Devi esse più bella te. Te devi mette la gonna. Domani te la metti.»

Ginevra guarda sua madre; la concentrazione le deturpa i lineamenti. «Va bene, stai tranquilla, me la metto.»

Vanda si calma. Sprofonda di qualche centimetro sul sedile, sbadigliando. L'auto svolta all'uscita e s'infila tra due file di palazzoni. In fondo, sul cielo chiaro, si vede spuntare la torre.

Il semaforo è verde ma Vanda rallenta. È quasi ferma quando scatta il giallo. Abbassa il finestrino e si accende una sigaretta. Fa tre tiri, poi la spegne con cura e la rimette nel pacchetto.

Ginevra fissa il cartellone pubblicitario di un grande negozio di elettrodomestici. Televisori, autoradio, frullatori a prezzi ribassati.

Torna il verde. Vanda scoppia a ridere. È una risata profonda, che le sconquassa la gola e le impedisce quasi di parlare. Quando smette, dice: «L'altro giorno sò andata da Ingrid a prende le lenzuola. Stava come 'na pazza». Ricomincia a ridere, piegando la testa in avanti sul volante. Ginevra chiude gli occhi e immagina di sparire.

«Dice: aiutame, perché ce sta uno che me perseguita, me se vole portà a letto, ma non me piace!» La risata le sale su per il naso, nitrisce.

«A Ingrid? Ma c'ha settant'anni.» Ginevra pensa alla loro

vicina di casa, le palpebre dipinte di blu e il rossetto che finisce sempre sui denti, quei pochi che le restano. Le viene da sorridere, ma lo fa di nascosto. Diffida del senso di complicità che all'improvviso le mette voglia di ridere insieme a sua madre.

«Settantasei, ce n'ha.»

Vanda ogni tanto dà una mano a Ingrid: lava le lenzuola, le porta qualcosa da mangiare. Sua madre, la persona più disperata che conosca, aiuta Ingrid, una cui la vita ha fatto così tanto male che il suo cervello ha smesso di funzionare. Senza quasi accorgersene, Ginevra inizia a ridere. Prima è una risata che stride tra i denti, poi le scosse scendono in basso e diventano onde che le aprono la pancia, la schiena. Una risata forte e scrosciante la percorre tutta, ma poi la lascia gelida, indifferente.

Vanda pare sollevata, ricomincia a ridere anche lei. È quasi un canto tribale che le sale in gola, su per il naso, fino alla fronte.

Ginevra ride ancora, e intanto il suo sguardo si stacca e sale. Si solleva in aria, sopra la strada, e da lassù si vede ridere dentro la Fiesta che avanza tra la mondezza, e i motorini rubati abbandonati sui marciapiedi, e più avanti ancora, dove la strada piena di buche s'insinua per la campagna, verso la torre che le aspetta, mentre lei, là sotto, piccolissima, continua a ridere. Ride, Ginevra, quella che non è più lei.

9

Vanda batte il pugno sulla porta due volte, ma dall'interno non arriva niente. Sul muro accanto allo stipite c'è un altarino della Madonna, carico di fiori di plastica impolverati, arancioni, verdi e blu. Vanda accende il piccolo cero sciolto per metà e batte di nuovo tre volte, ma ancora nessuna risposta. Si mette a picchiare senza fermarsi, finché dall'interno si percepisce un debole cigolio di materasso, passi di fantasma che si avvicinano. La porta si apre. Oltre la catenella, Ingrid la scruta sospettosa.

«Ingrid! Sò Vanda. Sò venuta pe' le lenzuola.» Ingrid la squadra dalla testa ai piedi, finché all'improvviso il volto arcigno si rischiara.

«Vanda, tesoro! Che piacere! Me sei venuta a trovà! Me devi scusà se non te aprivo, pensavo che era quello che me dà il tormento. S'è innamorato, che dovemo fà!» Ingrid apre la porta. Ha addosso una lunga sottoveste azzurra e lucida, bordata di pizzo.

«Me dispiace che sto così, ma insomma pazienza, tra donne...»

La casa è in condizioni peggiori dell'ultima volta. Panni accatastati sulle sedie, sul letto, sul ripiano della cucina. Il vecchio scrittoio è stracolmo di boccette, barattolini, pennelli da trucco, pettini e specchietti. C'è puzza di smalto e solvente, cibo marcio, feci. Sul letto disfatto, al centro del cuscino, chiazze rosse e nere.

«Quante volte te lo devo dì che te devi struccà prima de annà a letto?» Vanda parla come rivolgendosi a una bambina. Apre la finestra, sfodera il cuscino e toglie le lenzuola. Infila tutto nel sacco di tela che si è portata dietro, quello del centro commerciale, mentre Ingrid se ne sta impalata dietro di lei.

«Che dovevo fà? Non me ricordo più!»

Vanda chiude il sacco e lo mette vicino alla porta.

«Me dovevi fà un caffè» dice forte.

«Giusto! Er caffè!» Va ai fornelli e cerca l'occorrente, mentre Vanda mette ordine, lava i piatti, spazza il pavimento. A un tratto si ferma. Appoggia la scopa alla parete e si lascia cadere sul materasso polveroso, che emana un leggero odore di urina. Osserva Ingrid armeggiare col caffè, la polvere scura finisce dappertutto.

«Come sta la bambina?» Ingrid raccoglie col cucchiaio la polvere caduta sul ripiano e la rimette nel barattolo. «Quant'è bella, la piccoletta! Ingrid je vole tanto bene. Dijelo!»

Vanda pensa a Ginevra, alla gonna che stamattina è riuscita a farle mettere. Alle gambe affusolate e al seno che finalmente è esploso. Quanto ha pregato perché non le venisse come il suo, piccolo e vuoto. Si distende meglio sul letto e si abbandona, indifferente alla sporcizia, ai rifiuti fisiologici di Ingrid. Quella stanza, la sua assenza di logica, la mette inspiegabilmente di buonumore. Ha cominciato ad andare da Ingrid per senso del dovere e pietà umana, ma ha continuato mossa dal piacere di farlo. In quella casa si scorda di sé stessa, si sente bene. Ingrid accende il fuoco e va a sedersi davanti allo specchio, iniziando a pettinare i lunghi capelli stopposi di un rosso acceso, eccetto la striscia bianca che invade l'attaccatura, al centro della testa. Incurante del trucco vecchio colato fin sopra le guance, disegna sulle palpebre una striscia blu. Vanda vaga con lo sguardo da Ingrid al crocifisso impolverato alla parete, alla foto appesa in cornice poco più in basso.

Una ragazza sorridente, che le somiglia molto. Vanda non ha mai avuto il coraggio di chiedere a Ingrid se sia lei da giovane oppure sua figlia. Il caffè inizia a gorgogliare, ma Ingrid non si muove, presa com'è dallo spennellarsi le guance di un rosa brillante. Vanda va a spegnere la fiamma. Prende un piattino e una tazzina, si versa il caffè e ci aggiunge lo zucchero.

«Che poi, io manco la volevo, la bambina.» Vanda dà voce ai propri pensieri tra un sorso e l'altro, senza accorgersene, trasalendo al suono delle sue stesse parole. Parla come fosse sola, come un flusso di coscienza. Posa la tazzina sul piattino e dà un ultimo sorso, anche se ormai è vuota.

«È che sò rimasta incinta. Sò stata scema» dice mentre sciacqua la tazzina. Ingrid ripone lo stick del rossetto e si volta a guardarla, le labbra impiastricciate di rosso vermiglio, due occhi che fanno paura. Sbatte le mani l'una contro l'altra, con lo sguardo al soffitto inizia a muoverle avanti e indietro, ritmicamente, in una preghiera disperata.

«Che poi, ero pure contenta» prosegue Vanda, come se ormai non potesse farne a meno, «me piaceva avercela in pancia. E pure dopo, quando è nata, me piaceva. È che mancavano i soldi, quelli mancavano. E pure il marito. Ché Marcello, mica era un marito. Tanto bono, porello, ma s'è ammalato. Perché è 'na malattia, quella. 'Na malattia dei pensieri.» Vanda continua la sua confessione solitaria, parla a sé stessa, si consola da sola.

Ingrid agita le mani congiunte, avanti e indietro, recitando tra sé una litania incomprensibile. Inizia a muoversi confusamente per la stanza, sempre più veloce, come un insetto impazzito. Sbatte contro le pareti, finisce addosso allo specchio e cade sul materasso, urtando col braccio il grosso posacenere che dal comodino precipita a terra, rotolando per tutta la stanza e finendo poi sotto il letto.

«Non fà così, Ingrid, calmate» dice Vanda, senza convinzione. Si alza, va verso la porta e raccoglie il sacco pieno di lenzuola. «Sta' calma, calmate!» grida.

Ingrid si ferma con la schiena contro il muro. Scivola giù, fino a sedersi per terra, le gambe divaricate, parole soffocate tra i denti.

«Io vado» dice Vanda, indifferente. La pietà le si trasforma tiepidamente in cattiveria.

«Te sei 'na maledetta! Mi fija è 'na maledetta! I bambini sò sacri!» grida Ingrid.

Vanda si volta verso di lei. «Io non sò tu fija! Tu fija è morta, e s'è portata appresso tu' nipote! Era 'na tossica, tu fija!» grida, raccogliendo tutta la crudeltà che riesce a trovarsi dentro la pancia. Arriva da lontano e le si concentra lì, dietro l'ombelico. Ingrid è una disperata, lei, invece, non è ancora sprofondata in quell'abisso. È ancora aggrappata saldamente, e con tutte le sue forze prova a risalire. La porta si richiude. Vanda si allontana a passi piccoli nel corridoio buio, il lamento della vecchia in sottofondo, monotono e ficcante come quello di un neonato.

L'officina di Enzo sorge al centro di una radura polverosa, a ridosso di un minuscolo cimitero di campagna. È un piccolo edificio di pietra, una specie di garage circondato da moto e motorini. Sul lato opposto, davanti a un casotto di lamiera arrugginita, un grosso cane nero inizia ad abbaiare. Fabio ferma il motorio al centro dello spiazzo. In quel momento preciso, Enzo esce dal garage. È un tipo basso, con un codino di capelli unti che gli ricade dietro le spalle, la testa calva e due baffi lunghi che incorniciano una fila di denti color ruggine. In mano ha un ferro da lavoro lungo quanto una spada. Osserva Fabio in sella al suo motorio, come studiandolo distrattamente, poi fischia. Dal casotto esce un tizio enorme, stessa stazza del Ciccio, ma più muscoloso. Ha una felpa grigia e lercia aperta davanti, il petto sporco di grasso.

Fabio deglutisce a fatica, gola e muscoli facciali rigidi come pietre. Vorrebbe essere rimasto a letto a buttare all'aria il tempo della mattina, come ha fatto mille volte. Seguire dalla finestra le pecore che si disperdono pigramente per la campagna. Ma anche se ci provasse, ormai non avrebbe la forza di scappare; ogni parte del suo corpo è bloccata. E non solo perché ha paura che lo prenderebbero: sa che se scappasse adesso non potrebbe più tornare indietro. La vergogna di quella fuga gli resterebbe appiccicata addosso, s'insinuerebbe sotto la pelle come una zecca. Allora verrebbe assalito dal desiderio di tornare indietro, a quel preciso momento, e agire diversamente. Ma non potrebbe farlo. Scende dal motorino, si toglie il casco e rivolge a Enzo uno sguardo sicuro.

Come tranquillizzato dalla sua improvvisa freddezza, quello fa un gesto all'omone, che ordina al cane di stare a cuccia e rientra nel casotto. Con un autoritario cenno della testa, Enzo invita Fabio a parlare.

«Sò Fabio. Sò amico de Mauro. Avevo appuntamento co' Ciccio, ma non s'è visto.»

Enzo fa il giro completo del motorino, scrutandolo attentamente. Quando si ferma, pianta addosso a Fabio occhi da serpente. «Che j'hai fatto a sto motore?»

«Niente. Solo qualche ritocco.»

Enzo sembra spazientirsi. «Pische', io non c'ho tempo da perde. Il motore l'ho sentito e te lo ripeto: che j'hai fatto?»

«Ho cambiato la marmitta e ho registrato la carburazione. Mo' core. Voi provà?»

Aggrottando la fronte grondante lerciume, Enzo soffia sotto i baffi sudati, poi fischia di nuovo. L'omone esce dal casotto e viene verso di loro. Quando li ha raggiunti, Enzo salta in sella. Il rombo del motore si allontana fino a scomparire.

Fabio fissa la terra sotto i suoi piedi ascoltando il ronzio delle mosche, mentre il tizio enorme lo squadra. Pochi minuti dopo, si sente il motore riaffacciarsi in lontananza. Enzo si ferma a pochi centimetri da lui. Scende e lo guarda dritto negli occhi.

«Sei stato te?»

Fabio indietreggia impercettibilmente, emettendo un sibilo involontario.

«Ahó, sei stato te o no?» insiste quello.

Fabio annuisce. Enzo avanza di un passo, sorridendo mette in mostra l'intera dentatura e una striscia di gengive paonazze. Poi gli dà una forte pacca sulla schiena, facendolo barcollare.

«Sei bravo. Voi venì qui, da domani, tutti i giorni? Modifichi le moto come hai fatto co' questo. Te do venti euro al giorno. Più i sordi de questo.»

Fabio lo guarda dall'alto. L'altro è più basso di lui, ma compatto come un pezzo di ferro piantato nel terreno, mentre lui è sottile, in balia del vento. Si affretta ad annuire in silenzio: le risposte che vorrebbe avere dal suo interlocutore non gli spettano, lo sa.

«Mo' vai.» Enzo e il gigante si voltano quasi all'unisono e tornano da dove sono venuti, scomparendo come formiche nelle tane.

Fabio resta solo in mezzo alla radura. La campagna si allarga oltre il cerchio delimitato dalla rete malandata. Oltrepassa a piedi il cancello aperto da cui poco fa è entrato a bordo del motorino e imbocca la strada sterrata nella direzione opposta. Prati, alberi e campi a perdita d'occhio, delimitati in fondo dalle montagne azzurre. Dovrà percorrere decine di chilometri per tornare a casa. Si gira un'ultima volta verso la radura deserta. Davanti al casotto, il cane sbadiglia mostrando i denti aguzzi, poi si lecca il muso e si rimette a dormire.

La guancia di Mara sfiora la porta d'ingresso, l'orecchio teso verso il corridoio esterno. L'indice tormenta il bordo dell'adesivo appiccicato più in basso: un coccodrillo che suona la chitarra, uno di quelli trovati nelle merendine. È stata Ginevra ad attaccarlo lì, anni prima. O forse no, forse è stata proprio lei. Probabilmente hanno litigato per stabilire a chi spettasse farlo. Perché sì, c'è stato un tempo in cui le loro esistenze ruotavano attorno a quei conflitti: chi delle due avrebbe bevuto l'ultimo succo di frutta, chi avrebbe interpretato Sailor Moon giocando alle guerriere dello spazio. Dal corridoio del piano arriva il ronzio intermittente della lampada al neon, ogni tanto il cigolare di una porta. L'adesivo si è quasi strappato del tutto quando Mara si blocca e trattiene il respiro, per distinguere meglio i rumori. Poi, di colpo, apre la porta, s'infila in tasca le chiavi e si precipita fuori, tirandosela dietro.

Quasi correndo raggiunge la rampa. Sale quattro piani, e davanti all'appartamento di Ginevra si ferma. Ascolta. Dall'interno arriva qualche passo ovattato, tonfi di oggetti, movimenti lenti. Le sembra di non riconoscere quei suoni diluiti, quell'incedere regolare; per un attimo ha il dubbio di aver sbagliato porta. Dopo essersi assicurata di trovarsi nel posto giusto, solleva il pugno e batte velocemente due volte. Ginevra apre quasi subito. La fissa come se il suo arrivo l'avesse risvegliata da un sogno.

«C'hai da fà?» Mara emette un filo di voce, sembra rimpicciolirsi quasi.

Ginevra torna in sé, abbassa lo sguardo e si fa da parte, per lasciarla entrare. «Vieni.» Nel suo tono c'è una certa tenerezza, sembra quasi volerle chiedere scusa. Chiude la finestra, sposta la borsa e si siede sul divano, i movimenti offuscati da un velo di disagio.

Mara si guarda intorno come se non vedesse quel luogo da anni. Poi resta a fissare un punto imprecisato del pavimento.

«Non te se vede più» azzarda, avvilendosi subito dopo per il vittimismo nella propria voce.

«Sto tutti i giorni a scuola, e poi ce metto un'ora a tornà» si giustifica Ginevra. Distrattamente le fa cenno di sedersi.

Mara si lascia cadere sul divano dalla parte opposta a dove siede lei. Appoggia indietro la schiena e chiude gli occhi in cerca di un po' di sollievo. Quando li riapre, Ginevra la sta guardando.

«C'ho fame» dice.

In cucina tirano fuori i frollini al miele. Per un po' mangiano in silenzio, sedute a tavola, frugando a turno nella confezione. Ginevra è persa nei propri pensieri. Mara osserva l'indifferenza con cui lascia cadere le briciole sul tavolo e poi le spazza via con la mano; il modo irriconoscibile in cui si sfrega l'indice sulla fronte; quel leggero schiarirsi la gola, senza quasi accorgersene. E poi gli occhi, accesi di una luce nuova, qualcosa che sembra voler parlare, ma non a lei.

«Carine» dice Ginevra a un tratto. Le sta fissando le unghie, laccate di bianco a pois rossi. Mara gliele mostra orgogliosa, sentendosi patetica subito dopo.

«Le vuoi?» propone d'impeto; ha bisogno d'interrompere sul nascere la possibilità di un nuovo silenzio.

Ginevra annuisce. «Magari.»

Mara resta lì a soppesare il tono dell'altra, cercando di capire se faccia sul serio. Poi si alza.

«Vado a prende la borsa» dice prima di uscire.

Dopo lo scatto della serratura, la stanza sprofonda nello stesso silenzio di prima. Eppure, la presenza di Mara ha lasciato dietro di sé una dissonanza, una stonatura impercettibile; lo stridore delle cose vecchie e inutili quando non ci si rassegna a buttarle via, ci si ostina a portarsi dietro il loro peso.

Ginevra rimette nella busta il biscotto che ha mangiato per metà e passa in rassegna gli altri frollini del marchio, disegnati sul retro della confezione. Alle mandorle, con panna e cacao, all'uovo, i suoi preferiti. Soffia sulle briciole rimaste sul tavolo e rimette il pacco nella credenza.

Ha sonno: tutto d'un tratto non desidera altro che dormire. Si trascina in camera e si lascia cadere sul letto, a pancia sotto. Subito si sente avvolgere da quel languore caldo che lascia presagire il sonno. In pochi secondi si addormenta, dimenticandosi del tutto del campanello che avrebbe dovuto suonare di lì a poco, e che invece non l'ha fatto.

10

Vanda carica la grossa lavatrice piegando le ginocchia, accorgimento che ha imparato a usare per non sovraccaricare la schiena, solo che ormai anche quelle cominciano a scricchiolare. Spinge il piumone appena uscito dal lavaggio a secco dentro la busta di plastica, poi si toglie i guanti e si sposta sul retro.

Si sbottona il grembiule, se lo sfila, si cambia la maglietta. Nel lavello continua a strofinarsi le mani col sapone, fino a sentir bruciare la pelle, ma l'odore del lavaggio a secco non se ne va, ormai è parte di lei. Si passa una salvietta inumidita sul collo e sui polsi e si spruzza del profumo al muschio bianco e cannella, un aroma ancora più pungente, ma almeno lo ha scelto lei.

Prende il contenitore col pranzo ed esce nel cortile, un cratere al centro dell'edificio, sovrastato da un rettangolo di cielo. In mezzo s'intravede lo sbiadito sole di gennaio. Silenziosamente si siede sul gradino accanto a Marisa, le schiene contro il muro. Dai primi piani arrivano le voci dei televisori sintonizzati sui telegiornali dell'ora di pranzo, rumori di pentole e coperchi. In sottofondo, il fischio forte e continuo del lavaggio a secco. Vanda apre il contenitore di plastica. Riso bianco e carote. Ne ha preparato abbastanza per tutta la settimana, lo conserva in frigo in una grossa ciotola.

Marisa addenta due fette di pancarré separate da uno spesso strato bianco di formaggio spalmabile. «Ma te l'hai vista quanto è bella Valeriana? Co' quel tatuaggio qua dietro, sopra al sedere!» esclama a bocca piena.

Vanda mastica poco riso lentamente, solo per saggiarne la consistenza. «Bello, sì.» Con la forchetta separa le carote e le sposta da una parte, sono rimaste troppo dure.

«Me piacerebbe pure a me, farmelo lì. Un angelo come il suo» insiste Marisa.

Vanda trattiene un sorriso, immaginando quel tatuaggio sontuoso sul corpo sformato di Marisa. È una persona molto ingenua, le fa perfino rabbia. Il pensiero corre istantaneamente a Ginevra, alle sue anche perfette. Ha perfino due fossette sensuali proprio sopra le natiche. «Secondo te, quanto costa farse un tatuaggio così?» chiede.

Marisa ingoia un morso di pane, poi beve un po' d'acqua per farlo andar giù. «Ma mica me lo voglio fà davvero. Sei matta?»

Vanda mescola il riso, con la forchetta cerca di rompere i grumi che si sono formati.

«Magari se lo potrebbe fà mia figlia» continua Marisa, senza prenderla troppo sul serio. «Adesso che lavora, poi, c'avrebbe pure i soldi. A proposito, Vanda, ecco che te volevo di'. La signora dove lavora Giulia ha detto che la sua vicina cerca qualcuna pe' le pulizie. L'ha chiesto a Giulia, ma lei non c'ha tempo, fa già dieci ore al giorno, capirai. Pensavo che magari te poteva interessà pe' Ginevra.»

Vanda scuote la testa. «Ginevra studia, non c'ha tempo. E poi lo sai che fa già la baby-sitter per la titolare.»

Marisa si volta verso di lei. La studia spostando la testa in avanti, cercando di intercettare un fioco raggio di sole. «Sei sicura?» Ha un tono premuroso, quasi compassionevole. «Ginevra ormai ha quattordici anni, e tu sei pure sola. Guarda che te vedo, che mangi riso scondito tutti i giorni. Pensavi che non me n'accorgevo?»

Vanda raddrizza la schiena, racimolando dignità. «E allora? Me piace. E poi così me tengo in forma. Guardate te, Mari'. Dovresti snellire il giro vita.»

Marisa china la testa e si guarda il ventre, in preda all'ansia.

«Comunque, col lavoro ce la faccio. La casa ormai ce l'hanno assegnata, e il padre de Ginevra me passa qualcosa. Poco, ma meglio di niente. Ginevra non mi chiede soldi, le cose sue se le paga da sola. Per adesso, va bene così. A scuola dove va lei, dei ragazzi non lavora nessuno. Non si deve sentì diversa. Dev'essere uguale a loro.»

Marisa sospira a fondo, poi scarta la merendina che ha pescato dal fondo della borsa. «Amore mio, ascoltame bene: come loro non ce sarà mai, te lo devi mette in testa.»

Vanda infila il contenitore vuoto nel sacchetto di plastica e lo rimette nella borsa, si alza. «Ma Ginevra è bella, Mari'. Bella vera. Se li rigira come vole, quelli. Dalle solo tempo, fidati de me.» Fissa rabbiosa la collega, mentre l'altra sbocconcella quel che resta della merendina. La repulsione che prova per Marisa le si deposita nello stomaco. La ripugna il grasso che le ingolfa il corpo, la stupidità delle sue parole, la banalità che pervade la sua vita. Odia lo squallore senza scampo di cui è intrisa ogni cosa di lei. Torna verso la porta finestra da cui si accede al retro della lavanderia.

Prima di entrare si ferma, bloccata da un'improvvisa esitazione. Si volta. «Tanto, a mettese a fà la cameriera, una fa sempre in tempo. No, Mari'?» dice calma, come a voler tornare a uno scampolo di pragmatismo. Poi scompare oltre la porticina scura, tra i fischi assordanti della pulizia a secco.

Alla fine, Eleonora decide di alzarsi. Si è svegliata più presto di quanto avrebbe voluto, ma non riesce a riprendere sonno, così sarà costretta a convivere col mal di testa tutto il giorno. Accende l'abat-jour sul comodino, accanto al blister dei tranquillanti. È possibile che ieri sera abbia esagerato. Cerca di ricostruire il numero delle pastiglie, ma non ricorda nulla. Lentamente, uno dopo l'altro infila i piedi nelle pantofole, ma appena si alza una vertigine la costringe ad appoggiarsi alla parete. È sempre così debole, la mattina. Le tapparelle si alzano col loro rumore monotono, svelando il cielo limpido e luminoso, i terrazzi assolati, i tetti, la strada. Ogni cosa, là fuori, sembra volerla rimproverare per la sua accidia, giudicarla per quel suo trascinarsi da una giornata all'altra. Evita di guardarsi allo specchio, data la notte che ha passato è difficile che quel che vedrebbe possa piacerle. Deve reprimere la tentazione di richiudere tutto e rimettersi a letto, nascondersi di nuovo nel buio.

La porta della cucina è aperta. Paloma sta lucidando le piastrelle. Si volta di scatto quando sente il tonfo della porta che si chiude.

«Dimenticato aperta, signora. Scusa.»

Eleonora si lascia cadere sulla sedia senza darle retta, in attesa che le serva il caffè. Osserva la donna di spalle, il fisico massiccio e sgraziato.

«Dove sono Claudio e Camilla?»

«Piscina, signora.»

L'orologio a parete segna le dieci e quarantaquattro. Allunga i piedi sulla sedia di fronte e prende una fetta biscottata.

«Facciamo qualcosa di buono, per pranzo?»

«Comprato carne macinata, per la pasta al forno.» Paloma parla senza voltarsi. Continua a sciacquare le tazze nel lavello.

«Pasta al forno. Mi sembra una buona idea.»

Eleonora prende un'altra fetta biscottata, soppesando la notizia. Ci spalma sopra un po' di miele, poi ci ripensa. La rimette sul piatto. «A Claudio piace?»

«Sì, signora. Ma Camilla chiesto.»

Eleonora versa nel bicchiere un po' di succo d'ananas, quello che beve sempre Camilla. «E se invece facessimo del pesce? A Claudio farebbe piacere. Una bella orata di mare al forno.»

Paloma ritira dal tavolo la tazzina vuota. Si ferma a guardarla, negli occhi una tenerezza vagamente pietosa. «Orata non c'è, signora.»

Eleonora annuisce. «Hai ragione.» Si bagna le labbra col succo d'ananas. «E se invece facessimo delle penne alla vodka? Ho visto la ricetta da qualche parte.» Si alza di scatto e raggiunge lo scaffale, dove inizia a tirar fuori vecchi libri di cucina. Li sfoglia compulsivamente uno dopo l'altro, abbandonandoli poi sul tavolo alla rinfusa. Rinuncia, si siede. «È che oggi ho questo maledetto mal di testa» dice premendosi le tempie tra le mani.

Paloma chiude i libri e li rimette a posto nello scaffale. «Penne alla vodka so fare, signora. Vuole?»

Eleonora si massaggia le tempie. «Ti dispiacerebbe darmi un'aspirina, Paloma?»

Paloma tira fuori dal cassetto la scatola di medicine, estrae una compressa e la lascia cadere in un bicchiere d'acqua. Eleonora beve tutto d'un sorso e poi esce dalla stanza, richiudendo la porta. Ha bisogno di quella separazione, di quei limiti ben definiti: il dentro staccato dal fuori. Deve sapere esattamente fino a dove può esercitare il suo controllo, solo lì si sente al sicuro. Se gli spazi si allargano, teme che possa succederle qualsiasi cosa: allora arriva il panico.

«Signora, vuole penne alla vodka?» grida Paloma dalla cucina.

Giunta in fondo al corridoio, davanti alla porta dello studio, Eleonora annuisce appena, come se l'altra potesse vederla. Entra. Il divano letto è disfatto, il pigiama di Claudio giace ammonticchiato sul pavimento. Lo solleva, lo piega e lo ripone sotto il cuscino, poi rifà il letto meglio che può. Non vuole che Paloma pensi che sono una di quelle coppie che dormono separate. Men che meno vuole che lo pensi Camilla. È solo che lei ha quel sonno leggerissimo: è sufficiente il respiro di Claudio a svegliarla. Va a finire che inizia a rigirarsi nel letto, che si alza e torna a sdraiarsi mille volte, finché lui, sfinito, non si trascina a dormire nello studio.

Per sprofondare in un sonno davvero ristoratore avrebbe bisogno di rilassarsi completamente, e lei, con Claudio accanto, non può permetterselo. È proprio per questo che tante coppie si separano: le mogli si lasciano andare al sonno accanto ai loro uomini, pigiama di flanella, un rivolo di saliva che scende fino al mento, e finiscono per perderli per sempre.

Si avvicina alla libreria e inizia a perlustrare i dorsi dei libri, uno a uno. Estrae il volume di letteratura comparata e osserva la copertina, come fosse un oggetto misterioso, giunto fin lì da lontano. Sfoglia le prime pagine. Ai margini si susseguono annotazioni in una grafia irriconoscibile, frettolosa, che trasuda l'ansia di capire, di andare avanti. Sembra impossibile che le abbia scritte proprio lei. Che quella donna che aveva degli obiettivi, delle capacità, fosse lei. Quasi a metà del libro, in basso, il triangolino della pagina ripiegata segnala il punto in cui tanti anni prima si è fermata.

Se la ricorda, la sua vita prima di quel punto. Scorreva liscia e fluida, come se le cose accadessero da sole. Dopo quel momento, nella sua memoria c'è solo il vuoto. Sa di aver ceduto alle lusinghe che le sono piovute addosso, alle facilitazioni che la vita le ha concesso. Aveva diciott'anni quando suo padre le ha intestato la prima casa. Stava per diplomarsi coi voti più alti della classe, il suo tema di maturità sarebbe stato letto davanti a tutta la commissione, ma da lui, al riguardo, nemmeno una parola. Le parlava solo per comunicarle di aver fatto un versamento sul suo conto corrente, averle intestato un fondo. Sembrava ansioso di riempirla di cose, come se il futuro di Eleonora dipendesse da lui soltanto, come se lei non contasse affatto. Tutto ciò che avrebbe dovuto fare era essergli grata: qualunque altra cosa, lui non l'avrebbe notata. L'unica volta che nei suoi occhi ha visto un bagliore, qualcosa che assomigliasse a un cenno di approvazione, è stato quando gli ha presentato Claudio. Era a posto, ha detto, la fama di suo padre parlava da sola. Allora, ha sentito per la prima volta di aver fatto una cosa buona.

Da quel momento, l'unico scopo in grado di dar senso alla sua esistenza è stato Claudio: essere perfetta per lui, ricercare nei suoi occhi lo stesso bagliore che per una vita intera aveva inseguito nello sguardo di suo padre.

Cerca di togliere la piega all'angolo della pagina passandoci sopra il polpastrello più volte. A partire da quel punto, i fogli si susseguono lisci e immacolati fino alla fine del libro. Forse basterebbe che riprendesse da lì, che ricominciasse a studiare quelle frasi. Chiude il volume e se lo stringe al petto. Prima di uscire, dà un'ultima occhiata alla stanza. Le tapparelle sollevate a metà, le pantofole di Claudio nell'angolo, la bottiglia d'acqua vicino al divano letto. Quel luogo continua a gridare i loro segreti, rivelando chiaramente che suo marito ha dormito lì.

In camera sua si siede alla scrivania, il libro aperto davanti. Legge la prima riga, poi la seconda. Di nuovo la prima. Le parole rimbombano vuote nella sua testa. Fissa la pagina intera, un rettangolo grigiastro su cui le lettere si susseguono fitte, impenetrabili. Si spinge fino in cucina per bere un bicchiere d'acqua, poi si sposta in soggiorno. Paloma sta lavando il pavimento. Eleonora s'appoggia contro il muro e si mette a osservarla passare lo straccio da una parte all'altra della stanza, la schiena curva, il viso tirato dalla fatica. Facendo attenzione a non scivolare sul pavimento bagnato, raggiunge il divano e si lascia cadere sui cuscini. Col sottofondo rassicurante del panno che sfrega il pavimento, allunga gambe e braccia. Accenna uno sbadiglio e si gira su un fianco.

«Sformato di patate e alici» sibila, gli occhi chiusi, già in un altro mondo. «Potremmo fare lo sformato, Paloma.»

Camilla sceglie la panca in fondo allo spogliatoio e tira fuori il nuovo costume olimpionico. Se l'è comprato da sola, con una parte dei soldi ricevuti per il compleanno. È tutto bianco, più sgambato di quello vecchio; s'infila in mezzo al sedere e mette in evidenza la curva dei fianchi. Quando l'ha provato nel camerino del negozio si è sentita bella, ma adesso, nel grande spogliatoio semivuoto, non è sicura che avrà il coraggio di uscire là fuori. Forse suo padre resterebbe estasiato nel vederla così; forse, al contrario, riderebbe di lei.

Una donna di mezza età si asciuga i capelli davanti allo specchio, addosso ha della lingerie di seta nera, simile a quella che porta sua madre. Ha una pelle incredibilmente liscia, negli occhi una sicurezza indecifrabile: conosce un segreto che a lei è precluso. Camilla è convinta che il sesso tracci un filo invisibile che divide il mondo in due, separa chi lo conosce da chi lo ignora. E finché non sarà anche lei da quella parte, le sarà impossibile sentirsi uguale a loro. Suo padre, sua madre, anche Ginevra: non ha creduto nemmeno per un attimo che le abbia detto la verità in proposito. S'infila l'accappatoio ed esce.

Claudio l'aspetta a bordo vasca. È bello, possente, le sorride. «Sei pronta?»

Camilla deglutisce; si sfila l'accappatoio mentre suo padre salta in acqua. Immerso fino al torace si sistema la cuffia.

«Ti piace?» Camilla esita sul bordo della vasca, le mani puntate sui fianchi.

Lui la guarda senza capire.

«Il costume. È nuovo» spiega Camilla.

«È bellissimo, ti sta molto bene» si affretta a commentare lui, esagerando il tono di sorpresa.

Camilla si guarda la pancia, incerta. Poi si siede sul bordo e infila i piedi in acqua. «È fredda.»

«Vieni, dài, ci scaldiamo subito.»

Immerge una gamba fino al ginocchio, ma subito la ritira fuori. «Non ce la faccio. È troppo fredda.»

Claudio sparisce sott'acqua e nuota verso di lei. Le afferra i piedi, poi emerge di scatto, le cinge la vita con un braccio e la trascina nell'acqua. Lei grida, ride, si stringe a lui.

«Facciamo un po' di riscaldamento, sei pronta?»

Camilla gli fa cenno di aspettare. Infila le dita sotto la cuffia per mettere a posto i capelli, allarga gli occhialini e li fissa bene sulla testa, il tutto con gesti lenti, un po' lamentosi, mentre Claudio saltella nell'acqua cercando di scaldare i muscoli. Si sistemano ciascuno in una corsia, e finalmente cominciano a nuotare con ritmo blando, bracciate lunghe ed eleganti, frutto di un lungo allenamento tecnico fatto insieme anno dopo anno, le domeniche mattina. Camilla inizia piena di buona volontà, pensa ai consigli di suo padre e cerca di stargli dietro. Finiscono la prima vasca insieme, ma dopo l'inversione, nemmeno a metà della seconda vasca, lei si ferma. Si toglie gli occhialini e cerca di svuotarli dall'acqua che è entrata. Claudio prosegue fino al bordo. Quando la vede ferma in mezzo alla piscina, la raggiunge a rana.

«Che succede, Cami?»

«Non lo so, pa'. Sono un po' stanca oggi» confessa Camilla, giocherellando con gli occhialini tra le dita.

Claudio la guarda negli occhi con biasimo. «Ci vuole un po' di grinta, Cami. Non arrenderti alla prima difficoltà. Quando eri piccola nuotavamo senza fermarci mai. Non ti sapevi ancora mettere le scarpe da sola, però nuotavi. Nuotavi come una forsennata. Che ti succede, adesso?»

Camilla osserva i piccoli cerchi di vetro appannato che tiene tra le mani. Li pulisce lentamente con la punta dell'indice, poi guarda suo padre, il volto compresso dalla cuffia e dagli occhialini; sembra un anfibio.

«Ti ricordi quando ero convinta di saper ballare il flamenco?»

«Sì, certo.»

«E tu dicevi che ero bravissima?»

Claudio sorride, mentre il suo corpo improvvisamente si rilassa nell'acqua. Da nuotatore si fa bagnante. «Sì, me lo ricordo.»

«In realtà non sapevo ballare. Mi limitavo a battere le mani e pestare i piedi a caso.»

«Eri buffissima» ride.

Camilla annuisce. «Sì.» Osserva l'acqua increspata per il passaggio di un nuotatore nella corsia a fianco.

«Adesso ripartiamo?» Claudio si mette in posizione, hanno già perso troppo tempo.

«Papà, sono stanca, te l'ho detto. Continua tu. Io mi rilasso un po'.»

Rassegnato, Claudio le rivolge uno sguardo di tenerezza, per coprire la delusione. Le sfiora la guancia col dorso delle dita e ricomincia a nuotare.

Camilla resta a galleggiare in mezzo alla corsia, di fianco a lei i nuotatori fanno avanti e indietro, avanti e indietro. Chiude gli occhi, butta fuori l'aria dai polmoni e si lascia sprofondare sott'acqua. Vuole sparire, eliminare persino il ricordo di sé dal mondo. Camilla non c'è più. Forse, un giorno, ce ne sarà un'altra, una completamente nuova, ma se pure succederà non ha idea di come sarà fatta. Tutto ciò che sa è che quella Camilla, quella che è sempre stata, non esiste più. Ha perso la definitezza dei contorni, e si è sfaldata fino a sparire, come un sogno.

Il borbottio di bolle dalla sua bocca si esaurisce poco a poco, e il corpo, pesante, cade verso il basso. A osservare la superficie dell'acqua, di lei non resta che una chiazza sfocata sul fondale di plastica azzurra.

In piedi, vicino al lavello della cucina, Claudio beve il suo bicchierino di limoncello. È un gesto che sbriga in fretta ogni sera, per svuotare la testa. Lo compie contratto, gli occhi sul pavimento scuro. L'unica luce che entra nella stanza è quella del terrazzo di fronte, illuminato a festa dalle luci del Natale passato; voci allegre si mischiano allo stridere dei gabbiani nel cielo nero. Prende la bottiglia per riporla in freezer, poi ci ripensa. Svita il tappo e dà un'altra lunga sorsata.

La casa è buia, sprofondata nella quiete. Ricorda perfettamente quando c'è entrato per la prima volta. Avevano da poco deciso di sposarsi, quella domenica dovevano pranzare dai genitori di Eleonora. Prima di mettersi a tavola, il padre aveva proposto di seguirlo per una breve passeggiata, e senza dir nulla li aveva portati lì, soltanto pochi minuti a piedi. Attico e superattico a poche centinaia di metri da casa loro. Padre e figlia si scambiavano moine mentre lui restava fermo, a chiedersi se avrebbe dovuto ringraziare.

Apre piano la porta della camera da letto. Il fruscio delle lenzuola lascia intuire che Eleonora è ancora sveglia. Si cambia in bagno e si mette a letto.

«Com'è andata oggi, con Camilla?» La voce di Eleonora è flebile, in lotta contro il sonno.

«Era stanca, ha nuotato poco.» Nel buio Claudio si volta verso di lei. «Ha bisogno di essere un po' stimolata. Sta diventando rinunciataria.»

«È solo una ragazzina.»

«Ma prima non era così. Da piccola era un leone. Grintosa. Non vorrei che...»

Un lungo silenzio. Eleonora accende la luce sul comodino e si mette a sedere. «Che diventi come me» afferma con una decisione che lo spiazza.

«Che c'entri tu? Tu hai fatto una scelta. Non avevi bisogno di...» bofonchia lui, sulla difensiva.

«È quello che volevi dire.»

«No. È quello che tu avevi paura di sentire.»

Eleonora fissa il vuoto senza aggiungere nulla. Affrontano raramente questioni cruciali, ma quando lo fanno arriva sempre, e proprio sul più bello, quel silenzio improvviso. Un muro che taglia i discorsi a metà, lasciandoli irrisolti. Sono così abituati al sopraggiungere di quel silenzio che vi scivolano dentro con un certo conforto, senza protestare.

Claudio si gira di spalle, finendo in fretta nell'abbandono che precede il sonno. I pensieri procedono per conto proprio, tracciando collegamenti assurdi. Camilla, Ginevra, Eleonora. I loro corpi che si sovrappongono, i volti confusi, indistinguibili. Una mano fredda gli sfiora la spalla, facendolo risvegliare di botto. Il ventre e il seno di Eleonora aderiscono alla sua schiena. Poi quella mano che gli scivola sul fianco, sulla pancia, va a premere il basso ventre.

«Dormivo» biascica, in un ultimo tentativo di difesa.

I movimenti della mano si fanno più insistenti, sempre più avvolgenti. Claudio sente l'erezione definirsi contro la sua volontà, una reazione meccanica, che Eleonora muove a suo piacimento con fili invisibili.

«Voltati, amore.»

Claudio ubbidisce. Il corpo caldo di Eleonora scivola sopra il suo. «Spegni la luce» le ordina.

Fa tutto lei. Claudio la sente muoversi sopra di lui, intorno a lui. È dappertutto, non gli lascia scampo. Si ritrova a pensare alla carne compatta, arrendevole di Ginevra. Sente il piacere arrivare in fretta, senza che possa trattenerlo.

Eleonora torna nella sua metà del letto, avendo cura che nessuna parte del proprio corpo sconfini nell'altra. «Avevi tanta voglia, amore.»

In pochi secondi si addormenta, mentre Claudio resta supino, gli occhi spalancati nel buio, un senso di indefinitezza addosso.

11

Fabio avanza nell'erba alta, cercando: Ginevra è sparita. Il verde si stende a perdita d'occhio. C'è odore di letame, chiazze grigie di erba mangiata fino alla radice; le pecore devono essere passate da poco. Fabio aumenta il passo. In fondo spunta il rudere abbandonato. Da piccoli ci andavano a cercare le vipere, si avvicinavano a qualche pastore addormentato all'ombra e poi scappavano via.

Raggiunge il rudere e ci gira intorno, ma niente, Ginevra non c'è. La porta di legno è sigillata con chiodi arrugginiti, il vetro della finestra rotto. Dentro, il buio è totale: odore di urina e zampettare di topi.

Fabio torna verso il punto in cui l'ha persa di vista e la chiama forte. Sente il nome spandersi per l'aria, affievolirsi fino a sparire oltre lo sfrecciare delle auto in lontananza. La vede comparire nel prato all'improvviso, ritta come uno spaventapasseri. Quando la raggiunge, la ritrova accucciata nell'erba, tutta protesa in avanti, verso il corpo di un animale rovesciato. Lucide e rossastre, da uno squarcio sul ventre fuoriescono le viscere. Ginevra contempla ammirata quello spettacolo raccapricciante, il volto a pochi centimetri dalla carcassa. Fabio non riesce a muovere un passo, ha lo stomaco rivoltato. Si sforza di guardare, di cogliere anche lui la rivelazione che lei sembra scorgere in quella scena, ma il suo collo ruota altrove senza che lui possa farci nulla. L'animale agonizzante muove le zampe anteriori in scatti ripetuti, scosse elettriche prive di volontà.

«Andiamo via.» Fabio riascolta il suono vile, ripugnante delle proprie parole.

«Hai visto? Si vede dentro.» Ginevra è incantata, quasi ipnotizzata.

Fabio si sforza di tenere gli occhi sul corpo sventrato. Le formiche iniziano a disegnarvi lunghi fili neri. «Dev'essere stato un cane randagio. Se n'è andato senza finire il lavoro» dice, sforzandosi di essere scientifico.

Il movimento della zampa anteriore si fa più intenso, compulsivo.

«Sta a soffrì. Dobbiamo fà qualcosa.» Il tono di Ginevra è sacrale.

Fabio lascia scorrere via le sue parole, sforzandosi di non darvi peso. La sola idea che lei possa fare sul serio gli fa cedere le gambe.

Ginevra si allontana guardandosi intorno. Con andatura barcollante traccia per il prato cerchi lenti e casuali, poi all'improvviso il passo cambia, diventa deciso; marcia dritta verso il rudere, lasciandolo solo con l'animale moribondo. Fabio potrebbe scappare, invece resta lì ad assaporare la propria inettitudine, inchiodato a un'inspiegabile immobilità, incapace com'è persino di assecondare la propria vigliaccheria e fuggire.

Ginevra, intanto, è già di ritorno. Avanza lentamente, tra le mani una grossa pietra che sembra pesare più di lei. Fabio si avvicina per aiutarla, ma all'improvviso ne intuisce lo scopo, allora si blocca; fa un passo indietro, lasciando di nuovo la pietra alle sole forze di Ginevra. Lei molla la presa, il pietrone le cade in mezzo ai piedi. Ha le braccia graffiate, le mani sporche di terra e sangue.

«Che vuoi fà?» La voce di Fabio è un sussurro disperato.

Ginevra riprende fiato un istante, poi si piega in avanti e afferra di nuovo la pietra, stringendo le mascelle per lo sforzo. Avanza di qualche passo, si ferma coi piedi a pochi centimetri dall'animale.

Fabio apre la bocca, ma il fiato si strozza in gola. Si volta di scatto, tappandosi le orecchie con le mani. I tremori gli risalgono lungo le gambe, la testa è pesante: sta per svenire. Quando allenta la pressione delle dita, sente il suono ovattato dei passi di Ginevra sull'erba, poi il tonfo sordo del pietrone. Apre gli occhi. La vede allontanarsi di spalle verso la campagna aperta, gli occhi bassi, le gambe schizzate di sangue. Fermarsi e piegarsi in avanti, vomitare. Si contorce tutta per tre volte, resta ferma qualche secondo e si tira su. Dopo essersi pulita la bocca col lembo della maglietta ricomincia a camminare, il passo lento, ma costante. Fabio cerca il coraggio di voltarsi e guardare, almeno guardare. Respira a fondo, chiude gli occhi e respira ancora, ma il corpo è paralizzato, un unico blocco di pietra. Con gli occhi ancora chiusi, si arrende. Ginevra è già scomparsa dal suo campo visivo. Si mette a camminare nella direzione in cui l'ha vista andare, poi corre, per il timore di perderla definitivamente: sa bene che non lo aspetterà. Sta per cedere al battito accelerato del proprio cuore, quando infine la vede. Ha già raggiunto il sentiero sterrato, e continua a camminare decisa, verso casa.

Davanti al maestoso specchio circondato da una cornice barocca, Claudio sistema il nodo della cravatta e si pettina con le dita, cercando di darsi un aspetto professionale, autorevole. Alfredo entra in quel momento, come sempre senza bussare.

«Ti ho mandato la versione aggiornata. Alla riunione attieniti ai miei appunti e non potrai sbagliare. Io mi libero con l'altro cliente e ti raggiungo.»

Si direbbe che per Alfredo l'unico inconveniente dell'età avanzata sia quella leggera ansia, che trapela dai suoi modi ogni volta che si crea un carico inusuale di lavoro, quando un tempo era in grado di gestire tutto con freddezza. In queste circostanze smette di avere con Claudio il solito atteggiamento festoso, come con un bambino il giorno del suo compleanno, e inizia a trattarlo con la sufficienza che si riserva a un tirocinante alle prime armi.

Rimasto solo, Claudio va alla scrivania. Li ha già stampati e imparati a memoria, quegli appunti: un elenco numerato di questioni da discutere, addirittura le parole esatte da dire. Infine, una lista di possibili domande da parte del cliente e relative risposte.

Stampa la versione aggiornata e la rilegge. Alfredo ha cambiato piccole cose, aggettivi, precisazioni. Ripete tutto a occhi chiusi tra sé, i gomiti sul tavolo, la testa tra le mani. Fissa la foto di lui e Camilla al mare. Lei aveva sei anni e lo guardava in quel modo. Gli bastava nuotare sott'acqua e riemergere qualche metro più avanti per sentirsi il migliore. Tira fuori dalla borsa l'astuccio degli occhiali e ne estrae il cartoccio argentato. Dal portafoglio prende la carta di credito e una banconota da cinquanta. Va in bagno, apre il pacchetto e trita finemente la polvere con la carta di credito. Arrotola la banconota e inspira fino a sentire le narici bruciare. Si lava la faccia con l'acqua fredda. Guarda allo specchio quel volto dilatato, gli occhi sporgenti. Fa un profondo respiro, poi ripete ancora una volta gli undici punti.

Abbandona il cappotto sullo schienale della sedia inspirando a fondo, ma ha il fiato corto. Paloma arriva subito, sembra abbia delle antenne per captare il suo rientro. Prende il cappotto e lo ripone nell'armadio. «Buonasera, signore, tutto bene la giornata?»

Claudio non risponde. Procede verso il corridoio, ma a un tratto si blocca, aggredito da una sensazione spaventosa. Nell'aria c'è una nota di un profumo dolciastro, per lui inconfondibile; uno di quelli che si sentono nei reparti cosmetici dei grandi magazzini. Barcolla mentre il sangue gli pulsa nella testa, riempiendolo, suo malgrado, di un'euforia incontrollabile. Forse è uno scherzo della sua immaginazione. Cerca di percepire ogni rumore che provenga dalla casa, ma non si sente niente. Entra in camera da letto e si richiude piano la porta alle spalle. Seduta alla scrivania, Eleonora è assorta nella lettura. Le sposta i capelli e le bacia il collo, lievemente profumato della fragranza griffata che le ha regalato per il suo compleanno.

«Camilla?» chiede distrattamente, iniziando a sbottonarsi la camicia.

«In camera, con un'amica.»

Nella penombra della stanza, Claudio smette di respirare. «Faccio una doccia» dice con un filo di voce.

Si lava, si rade, si veste, perde più tempo che può. Quando esce dal bagno, Eleonora è ancora lì. Si volta e resta a guardarlo mentre lui si stende sul letto, sospirando a fondo.

«L'hai conosciuta, Ginevra?» gli domanda, come se la conversazione non si fosse mai interrotta.

Claudio stira i muscoli delle braccia e accenna uno sbadiglio. «Mi pare.»

Eleonora si alza, gli si siede accanto sul bordo del letto. «È una ragazzina di borgata. Non ho capito cosa ci faccia a scuola di Camilla.» Inizia ad accarezzargli una coscia. La mano scorre in su e in giù sul tessuto dei pantaloni. «È molto bella» aggiunge poi.

In quel momento arriva un cigolio dal corridoio, seguito da passi leggeri fino all'ingresso. Infine, la porta di casa che si apre e si richiude. Altri passi lungo il corridoio nella direzione opposta, il tonfo della porta della stanza di Camilla.

Claudio accarezza il volto di Eleonora, porgendole un sorriso artificiale. «Vado a salutare Cami» dice poi, interrompendo bruscamente lo sguardo tenero di lei.

In corridoio c'è ancora quell'odore, però adesso è più forte, una certezza. Si avvicina adagio alla camera di Camilla e bussa piano tre volte, senza nessuna risposta. Allora apre.

Dentro, l'odore è così denso da sembrare solido. S'impone nelle narici e gl'invade i pensieri, lì, nella stanza di sua figlia. Gli pare quasi di vederla, Ginevra: è davanti a lui, le cosce aperte, lo sguardo arrendevole. L'eccitazione gli s'insinua nel corpo mentre terrorizzato sposta piano lo sguardo, un brivido di sudore freddo lungo la tempia. Ciò che vede gli spezza in un colpo secco le ginocchia.

In un solo istante gli è tutto chiaro: la belva sta per divorare tutto. La sua parte oscura gli si sta ritorcendo contro, e lo fa nel modo più perfido. Era già tutto scritto da tempo: quella storia era parte di un disegno più grande, che mirava a lacerarlo della sua stessa bestialità. Camilla è la sua ferita scoperta, il taglio nella carne viva da cui già fuoriescono le viscere: la sua Camilla, che dal centro della stanza lo guarda seducente, le labbra rivestite di rosso, i capelli tirati in una coda che mette in evidenza gli zigomi, sui quali gli occhi bordati di nero si allungano felini. I tacchi alti le alterano la postura, costringendola a inarcare la schiena e rendendola goffamente provocante; gli abiti attillati rivelano le forme acerbe. È una visione inattesa, scioccante, come quando ci si imbatte in uno specchio inaspettato e si è costretti, per un attimo, a vedersi esattamente per quello che si è. Non si era mai accorto del disegno sinuoso delle sue labbra, di quanto fossero piene: di quanto fossero simili alle *sue*. Camilla, la sua Camilla, sembra la copia di *lei*. La sua sensualità lo aggredisce, è costretto a voltarsi di scatto dall'altra parte.

«Che c'è? Non sto bene?» La voce di Camilla trema, sembra quasi malata.

Claudio continua a rivolgerle le spalle, in silenzio, le mani sui fianchi. Ha capito di averla ferita, allora si gira lentamente, sforzandosi di guardarla negli occhi. «Stai bene» sibila.

Camilla inizia a sfilare per la stanza ancheggiando.

«Per me, comunque, stai meglio nell'altro modo» azzarda. Camilla gli si avvicina. Emana *quell'*odore. Le gambe di Claudio si piegano, si lascia cadere sul letto.

«Papà. Non ti senti bene?» Gli si siede accanto, troppo vicino.

Claudio strizza gli occhi. «Mi gira la testa. Vado a bere un po' d'acqua.» Le bacia la fronte. Alzandosi, si accorge che la pelle della figlia gli ha lasciato sulle labbra uno strato di cosmetici dozzinali, lo stesso che è abituato a lavarsi via dal pube: stesso odore chimico, identica consistenza pastosa. Strizza gli occhi più volte, tentando di fermare la cascata di scintille luminose che gli scorre davanti.

«La tua amica dov'è?» sussurra senza voltarsi, prima di uscire.

Camilla sospira. «Se n'è andata.»

Adesso siede stanca, ha perso la sfrontatezza di poco fa.

Claudio esce e si richiude la porta alle spalle. In corridoio è costretto a fermarsi, la schiena contro il muro, le gambe molli. Eleonora lo raggiunge, ha due calici di vino rosso in mano. Lo scruta per un lungo istante.

«Se n'è andata?»

Claudio le rivolge occhi esausti. «Chi?»

«L'amica di Camilla.»

Annuisce, sfiancato. «È sola.»

Eleonora resta ferma, mimetizzata nell'ombra del corridoio. «Vuoi un po' di vino?» Gli porge un calice. «Di là ci sono anche delle olive.»

Claudio prende il calice e beve una lunga sorsata. «L'hai vista, Camilla?» dice, come un'assurda richiesta di aiuto.

Eleonora sorseggia il suo vino. «Perché, che ha fatto?»

Claudio la guarda in quegli occhi vuoti, dipendenti, in attesa di essere riempiti. Beve. «Nulla» scrolla le spalle.

«Dài, andiamo di là.» Eleonora gli afferra il polso. «Devi assolutamente assaggiare un'oliva. Sono di Gaeta.»

Al suono della campanella Ginevra non si muove dal banco. Camilla la raggiunge. Un'ombra impercettibile del trucco rimosso il giorno prima le incupisce lo sguardo, sottraendole la solita espressione incantata. Le consegna il sacchetto dei vestiti.

«Non fanno per me» dice.

Escono in corridoio senza dirsi nulla, scendono le scale facendosi largo tra la fiumana di studenti. La macchina blu è parcheggiata di fronte al cancello.

«Ci vediamo domani.» Ginevra si affretta a congedarsi, il sacchetto coi vestiti sotto il braccio.

«Aspetta.» Camilla la blocca afferrandola per la spalla. «Ti diamo un passaggio noi. Oggi mio padre è libero.» Poi aggiunge: «Oggi sta con me».

Saluta con la mano in direzione dell'automobile.

«Non importa.»

«Vieni, è già arrivato» insiste Camilla.

Claudio scende dall'auto lentamente, pallido e incerto. La figlia gli corre incontro e gli salta al collo.

«Diamo un passaggio a Ginevra, va bene?»

Ginevra lo fissa. Fino a pochi secondi fa voleva solo evitarlo, ma adesso che lo ha davanti, adesso che ha intuito la crepa che incrina la sua sicurezza, è decisa a spingersi oltre. Vuole vederlo vacillare, tremare di paura.

Improvvisamente calmo, Claudio solleva lo sguardo su di lei. «Ciao, Ginevra» dice con un sorriso da fotografia.

Camilla sale dal lato passeggero, il posto che è abituata a occupare lei, ma non alla luce del sole. È soltanto nei viottoli deserti e sperduti, quando Claudio dismette i panni di padre e marito esemplare per trasformarsi in detrito dell'esistenza, esattamente come lei, è soltanto allora che quello accanto a lui diventa il suo posto. Non di giorno, non nella vita che tutti vedono. In quella, lei non conta nulla, non esiste neppure. Se ne sta sul sedile posteriore, come un oggetto dimenticato, nell'auto pervasa dal solito odore mentolato e dalla solita musica soffusa, mentre Camilla, a suo agio e un po' su di giri, cambia stazione della radio con gesti veloci.

«Dove abiti, Ginni?»

«Lontano. Va bene la fermata dell'autobus.»
«Ma no, ti accompagniamo a casa, vero, papà?»
«Va bene la fermata, davvero.»

Ginevra si sposta al centro del sedile posteriore. Da lì riesce a vedere gli occhi di Claudio puntati sulla strada, e di tanto in tanto sulla figlia, pieni di venerazione. Tra i due corre un amore vischioso, ingombrante. Ginevra lo percepisce nell'aria e si sente di troppo. È un'osservatrice clandestina di vite di cui non ha diritto di far parte, una parassita. Camilla infila un cd e inizia a cantare un pezzo sudamericano di moda l'estate passata. Claudio le dà un buffetto sulla guancia e la osserva ammirato accennare mosse di danza, muovere le braccia, far pulsare sensualmente il petto.

«È quella, subito dopo il semaforo» dice Ginevra, sovrastando stridente la musica.

Quando l'auto accosta, scende sul marciapiede.

«Hai dimenticato questo.» Camilla allunga il braccio fuori dal finestrino, facendo penzolare il sacchetto coi vestiti.

Claudio ingrana la marcia. Prima di partire, si sporge su Camilla, in direzione di Ginevra. «Fai attenzione sull'autobus, non dar retta a nessuno» raccomanda in tono paterno.

L'auto si allontana. Ginevra riesce ancora a distinguere nell'abitacolo la sagoma di Camilla che ondeggia a ritmo di musica, accanto a quella ferma e solida di Claudio. Le sembra di poter sentire le battute, le risate tra loro. Dal finestrino aperto, la musica arriva fino a lei. Poi a poco a poco si affievolisce, diventa un motivo flebile, fino a confondersi e sparire tra i rumori del traffico.

Giovedì mattina. Alle nove e trenta le unghie di Ginevra ticchettano sul tavolino di plastica. Se l'è fatte dipingere di un rosa tenue, che Mara ha definito banale; lei voleva fargliele dorate coi bordi d'argento, come alla sua ultima cliente. Una cosa da Hollywood, ha detto.

Ginevra si alza e prende un cornetto, mette le monete sul

bancone vicino alla cassa e torna a sedersi. Lo ha capito nel giro di cinque minuti, che oggi non sarebbe venuto. Anzi, in qualche modo lo sapeva fin da prima, da quando lui e Camilla le hanno dato quel passaggio insieme. Se lo sentiva che non avrebbe retto.

Al tavolino in fondo alla sala, i visi contratti dall'ansia, due ragazze sottolineano le parole di un libro con un evidenziatore. Forse stanno preparando un compito in classe. Ginevra le osserva rapita. Hanno sguardi preoccupati, come se tutto il mondo ruotasse attorno a quel voto, come se la vita fuori da lì non esistesse. Le immagina sollevarsi a mezz'aria e volare via così come sono, curve sul libro.

Finisce di mangiare il cornetto, con il cucchiaino raccoglie le ultime tracce di latte nella tazza. Lentamente inizia a scivolare nell'idea di avere tutta la mattinata per sé, vuota, senza scopo. Potrebbe prendere un autobus verso il centro e passeggiare mescolandosi ai turisti. Potrebbe fermarsi in una di quelle gelaterie con le vetrine grandi che ha visto in un servizio al telegiornale, osservare la città, sentire di esserne parte. Un'impressione sconosciuta di leggerezza e libertà inizia a invaderle il petto, ma con la stessa velocità riesce a distinguere la paura che tutto possa svanire all'improvviso. Che lui arrivi, e le dia indicazioni su dove incontrarsi.

D'un tratto, le pare di sentire la sua voce nel bar. Una fitta nella parte bassa della pancia la costringe a piegarsi in avanti. Quando si volta, vede un ragazzo che consegna la merce. Il vecchio si avvicina al suo tavolo, e come se lei non ci fosse inizia a passarci sopra lo straccio.

Ormai lui non verrà, ne è sicura. Si alza ed esce. L'aria fredda, sottilissima. Poche persone lungo il marciapiede. Il limpido cielo invernale, ferito dalla bianca scia di un aereo. La bellezza, quasi soffocante, dello snodarsi dei rami dei tigli nel loro viaggio verso l'alto.

«Sicura che non vuoi aspettare dentro?» Diana è una sagoma scura sull'uscio, la voce incerta, quasi tremante. Dall'interno arriva un profumo dolce di biscotti.

«Grazie, aspetto qui.» Ginevra si siede sulle scale, adagio, come se quell'accorgimento possa impedire al sudiciume di attaccarsi ai jeans.

Diana richiude piano la porta.

È venuta a stare in quella casa un paio d'anni fa, appena prima che il padre di Fabio finisse in galera. Così, da un giorno all'altro, Fabio si è ritrovato solo con quella sconosciuta e un neonato che piangeva sempre. Non ha mai capito se fosse o meno suo fratello. Poco tempo dopo, in quella casa era di nuovo tutto cambiato. Di quella notte Ginevra ricorda solo la porta aperta sulla rampa, e gli occhi vitrei di Diana nella stanza. È stata poi Vanda a spiegarle che il bambino era soffocato nel sonno. L'ambulanza non era arrivata in tempo, anzi, non era arrivata proprio. Diana da quel giorno si aggira persa per la casa, come in attesa di capire. Guarda Fabio quasi fosse il suo unico appiglio, l'unica possibile destinazione di quell'amore materno rimasto in sospeso.

Ginevra sa che Fabio potrebbe rincasare tra ore, ma non le importa di aspettare, nemmeno di farlo sulla rampa buia e maleodorante, che di solito attraversa più in fretta che può. Resta lì a osservare la parete scrostata, la macchia di muffa che trasuda dal muro attraversando l'edificio in verticale. I passi di Fabio li riconosce tre piani più giù. Seguono un ritmo incostante e imprevedibile, una melodia tutta loro. Lui compare poco dopo, un pistone tra le mani sporche di grasso.

«Te sei portato il lavoro a casa?» Ginevra resta seduta sul gradino, il solito tono beffardo che usa con lui. Ha le mani sulle ginocchia piegate, le apre e chiude ritmicamente, nervosa. «Te aspettavo. C'hai da fà?»

Fabio accenna col mento a quanto tiene tra le mani. «Un po'.»

«Posso venì dentro con te? Te guardo e basta, prometto.»

Diana apre la porta in quel momento. Fabio entra senza nemmeno guardarla, Ginevra lo segue.

La stanza di Fabio è in disordine come sempre. Lui non permette a Diana di metterci piede. Da sotto il letto tira fuori la cassetta degli attrezzi, poi si siede per terra e inizia ad armeggiare con una pinza.

Ginevra si guarda intorno. C'è odore acre di sudore e patatine al formaggio. Si toglie gli stivali e s'infila nel letto disfatto, tra vestiti, riviste di motori, incarti vuoti di merendine. Si copre col lenzuolo, chiude gli occhi e si abbandona al sottofondo di rumori metallici, sottolineati dai respiri di Fabio.

«Non lo voglio sapè che ce sta tra 'ste lenzuola. Me lo posso solo immaginà che fai de notte» dice all'improvviso, ridendo in un modo che non le si addice.

Fabio la guarda sostenuto, contratto nello sforzo di svitare un anello di metallo. «Ma perché me devi sempre prende in giro?»

Ginevra si fa seria. «Ma almeno ce pensi a me, mentre lo fai?» chiede, e trattiene il fiato, rendendosi conto di aver osato troppo. «Sto scherzando, non te la prende. Perché non vieni qui?»

All'improvviso è calma, padrona dei suoi movimenti. La verità è che questa volta non ha intenzione di giocare.

Fabio torna ad armeggiare curvo in avanti, senza voltarsi. Ginevra allora chiude gli occhi e aspetta.

«Perché?» sbotta Fabio, svitando un pezzo a caso.

«Perché ho bisogno de stà un po' con te.»

Fabio resta seduto a lungo, rigirandosi la chiave inglese tra le mani. Ginevra è immersa in una calma serafica, si è tirata il lenzuolo fino alla fronte e aspetta in quella pozza buia. Il silenzio è seguito da un tonfo sul pavimento, dal rotolare di piccoli oggetti per la stanza. Si tira su di scatto. Fabio è in piedi davanti al letto con un'aria di resa. Si toglie la maglietta, si sbottona i jeans e s'infila nel letto. Ginevra gli sfiora con le dita il viso liscio, le labbra, i capelli, mentre lui, immobile, la lascia fare. Poi gli sale sopra, gli stringe i fianchi con le gambe e gli accarezza il petto, la pancia. Fabio la spoglia lentamente. La fa sdraiare sulla schiena e si mette su di lei. La bacia con rabbia, le entra dentro, inizia ad agitarsi. Ginevra inspira l'odore acidulo delle lenzuola, l'odore di Fabio, così familiare; si aggrappa alle sue spalle e al petto, al suo sguardo implorante e bisognoso.

Dalle mani di Fabio il grasso è passato a quelle di Ginevra. Ce l'ha tra le dita, sul seno, sulle cosce. Lui le offre uno straccio lercio, dopo averlo imbevuto di un liquido dall'odore pungente. Ginevra se lo passa addosso e subito sente la pelle bruciare. Prima che possa dir nulla, Fabio le porge un tubetto di crema e le dice di spalmarcela sopra.

È la prima volta che lo vede nudo. Quella nuova intimità tra loro la fa sorridere. Era sicura di conoscerlo meglio di chiunque altro, invece c'era ancora uno spazio a separarli. Adesso che hanno colmato anche quello, tra loro non restano segreti. Fabio è trasparente: può accedere a lui quando e come vuole, padroneggia i suoi pensieri, i suoi sentimenti.

Fabio raccoglie i pezzi sparpagliati qua e là per la stanza, mentre Ginevra osserva il proprio corpo riflesso sul vetro della finestra, la linea dei fianchi, il contorno delle gambe. Cerca di immaginare cosa lui possa provare nel guardarla, toccarla, sentirsela addosso. Fabio si ferma a un passo da lei. Anche lui fissa l'immagine del corpo di Ginevra sul vetro, sovrapposta ai palazzi lontani della periferia. Non osa affrontare l'originale che ha davanti, quello lo fa tremare.

Ginevra inizia a raccogliere i vestiti. Mentre se li rinfila, Fabio si lascia cadere sul letto, gli occhi al soffitto.

«Perché oggi sì? Cosa è cambiato?» domanda secco. Poi si alza, la raggiunge e cingendole le spalle la obbliga a girarsi. È certo che tra poco se ne andrà.

«Niente.» Ginevra sorride, evasiva. «Non è cambiato

niente.» Lo prende per mano e lo conduce di nuovo sul letto. Si siedono sul bordo, si baciano dolcemente. «Adesso te lascio lavorà.» Ginevra si alza e va verso la porta; sa di fargli male, allora si allontana adagio, come per addolcire lo strappo. Nessun altro al mondo la guarda così. Quella richiesta, quell'attesa, le provocano un imbarazzo che non sempre riesce a sopportare.

Diana sta spolverando. «Come sta Fabio?» le chiede con voce appannata.

Ginevra si affretta ad aprire la porta di casa, ma prima di uscire si volta verso Diana: ha il viso carico di un'apprensione che le raggrinzisce i lineamenti.

«Non lo so» sussurra insofferente dopo essere uscita.

12

Vanda si blocca davanti alla tivù accesa, straccio antipolvere in una mano, spray alla candeggina nell'altra. Sullo schermo, spalle alla telecamera, Valeriana inveisce contro un ragazzo dai capelli lunghi. Indossa pantaloncini bianchi a vita bassa e un reggiseno nero; sui lombi magri, proprio sopra le natiche, il disegno di un angelo dalle ali azzurre le avvolge i fianchi.

Imbiancato dai pixel, il volto di Vanda sembra fatto della stessa sostanza dello schermo. Vi si è disegnata un'espressione incantata, vagamente infantile, mentre il corpo, piccolo e tozzo, strizzato nell'abitino leopardato preso sulla bancarella dell'usato per due euro, sprofonda nell'oscurità della stanza che l'unica finestrella non riesce a rischiarare. Al rumore delle chiavi nella toppa trasalisce. Raggiunge la porta prima ancora che si apra.

Entrando e trovandosela davanti, Ginevra sussulta. Ha gli occhi rossi, il volto pallido ed emaciato.

Vanda la osserva da vicino. «Dormi la notte, amo'? Hai la faccia stanca. Non è che c'hai la febbre?»

Ginevra solleva le spalle. Si toglie gli stivali e si siede sul divano.

«Guarda.» Vanda si ferma a un passo dallo schermo, fissandolo in attesa dell'inquadratura giusta. Valeriana è seduta sul letto, parla sottovoce con una ragazza che le accarezza i capelli; quando si alza e si mette a camminare per la stanza, Vanda inizia a gridare in preda all'eccitazione: «Hai visto il tatuaggio?».

Ginevra aggrotta la fronte, interrogativa.

Vanda allora le si avvicina solenne. Le prende il mento tra le dita e la fissa negli occhi. «Lo vuoi?»

«Io? Ma sei matta?»

«Me sò informata. Ce l'ho, i soldi.»

«Ma quanto costa?»

«Non te preoccupà.»

Ginevra la fissa con aria incredula. «Io c'ho paura, ma'.»

«Eddai, hai visto quant'è bello? Immaginatelo sul corpo tuo, co' 'na maglietta corta.» Istintivamente inarca la schiena, si pavoneggia nell'immaginarsi sua figlia. «Non te se potrebbe più dimenticare.»

Ginevra scivola sul tessuto del divano e si rannicchia, appoggiando la testa sul cuscino. Vanda la guarda. Ginevra ha il volto teso, segnato; chiude gli occhi.

«Dormi, amo'» dice Vanda. Va alla finestra e tira le tende arancioni. Il cielo sparisce, restano loro due, la stanza. «Dormi, che sei stanca.»

Fa freddo. Ginevra si è tirata la coperta fin sopra la testa ed è rimasta immobile in quella manciata d'aria senza ossigeno, sperando che il tempo passi in fretta, e Vanda non si accorga di lei. In sottofondo si sono susseguiti i rumori ovattati della casa, le pulizie del sabato mattina, i passi di sua madre nel corridoio. Vanda entra per la terza volta e le toglie le coperte di dosso.

«Adesso basta» dice, «sbrigati.»

La tratta come una bambina capricciosa, cosa che non ha mai fatto prima, perché Ginevra, bambina, non lo è stata mai. Ha sempre capito, l'ha sempre aiutata. È stata lei a mostrarle come fare la madre.

Mezz'ora più tardi escono sul piazzale, immerso in una nube di goccioline microscopiche che penetrano nelle ossa. Vanda l'attraversa a passi piccoli e veloci, sotto il braccio tiene stretta la borsa piena di banconote. Ginevra la segue svogliata, tuta e scarpe da ginnastica.

Appoggiato alla Fiesta, Damiano fuma.

«Che stai a fà?» dice brusca Vanda, girando attorno all'auto per andare ad aprire. «Levate da là.»

Lui prende un'altra boccata di fumo e non si sposta di un millimetro, ma appena le chiavi di Vanda iniziano a frugare nello sportello si toglie. Si avvicina a Ginevra.

«'Ndo vai?» dice, uno scatto in avanti del mento.

«Sò affari miei» fa lei a voce bassissima, entrando in macchina. Cerca di chiudere la portiera, ma lui la blocca con la mano. «Damia', che voi?»

Damiano esita. Dà un'occhiata a Vanda che dal posto di guida sospira insofferente.

«Scendi un secondo» bisbiglia.

Ginevra sbuffa, gli occhi al cielo. Scende e appoggia la schiena alla macchina, incrociando le braccia. «Di', veloce. C'ho da fà.»

Lui annuisce, le braccia lungo i fianchi, sul volto un'ansia che lei non gli ha mai visto prima. «Quando torni ci vediamo?» La fissa, in attesa. «Solo questo te volevo dì: se più tardi venivi giù.»

Ginevra inspira forte. «Non penso, Damia'. Mo' devo annà.»

Scivola in macchina e chiude lo sportello.

Per un po' si gode la scena nello specchietto retrovisore: Damiano impalato a fissare la Fiesta che se ne va, deluso senza poterlo nascondere.

Il sentiero polveroso si snoda davanti a loro. Vanda si accende una sigaretta. Sulla tangenziale, imboccata la rampa, svoltano nella direzione opposta a quella che prendono per andare a scuola. Arrivano a un piccolo quartiere fantasma alle porte della periferia est: due strade a croce che s'infilano in mezzo a un grappolo di case basse, sorte come per sbaglio in un punto indefinito del vuoto che circonda la città. C'è l'officina di un gommista, un bar cadente, un alimentari, la bottega di un calzolaio.

Lo studio è un buco che puzza di fumo e pelle bruciata. Apre la porta un ometto pelato, i denti gialli, gli occhi pure, enormi mani callose e braccia nude coperte di teschi, scritte, un drago, fiori.

Ginevra ha il corpo rigido e freddo. Al solo pensiero di farsi marchiare come un animale da macello le si rigira lo stomaco. Con un rantolo flebile si accascia addosso a sua madre.

«Gine'!» Vanda la sorregge. La fa sedere sul lettino.

Qualche secondo dopo riprende i sensi.

«Non devi avé paura, se li fanno tutti, i tatuaggi. Vedrai come te piace, poi.» Le dà buffetti sulla guancia, come per rianimarla.

L'uomo intanto ha tirato fuori una specie di pistola, le dice di spogliarsi. Vanda l'aiuta a sfilarsi il maglione. La fanno sdraiare a pancia in giù sulla plastica fredda del lettino. Ginevra resta ferma, non sente il suo corpo mentre Vanda discute con l'uomo dei dettagli: il colore delle ali, la forma della testa, le rifiniture. Vanda insiste che dev'essere un lavoro fatto bene. Ginevra percepisce il suono delle parole senza capirle, è in uno stato confusionale, come sotto l'effetto di un'anestesia. Alcuni secondi di silenzio, poi un rumore simile a quello del trapano di un dentista.

Guardandosi allo specchio, Vanda si sente divisa in due. Come una bambina che gioca a fare la donna si abbottona la camicetta che Ginevra ha scelto per lei, bianca e castigata, il colletto tondo.

È la prima volta che le capita una giornata così. Ginevra ormai è introdotta in quegli ambienti, conosce quelle persone, sa dunque come muoversi: deve fidarsi di lei. La osserva rovistare nell'armadio a lungo e porgerle un giacchino nero.

Non ricordava nemmeno di averlo. Vede nello specchio una donna seria, una signora di mezza età. Lascia che sua figlia le sciolga i capelli e la pettini lentamente, le passi sul viso una salvietta imbevuta di latte detergente per rimuovere il trucco con cura. Il volto di Ginevra, coi suoi lineamenti ben definiti, è a pochi centimetri dal suo.

«Stai benissimo, ma'.»

Il tempo del tragitto in auto trascorre in silenzio. Vanda spia il proprio riflesso nello specchietto retrovisore. Non si sente a suo agio in quel volto così pulito. Vi si legge sopra ogni pensiero, ogni angoscia, tutto ciò di cui si vergogna.

«Io vado» esclama Ginevra, scendendo dall'auto davanti al cancello della scuola.

«Ciao, amo'. Stai tranquilla, ce la faccio.» Le parole suonano troppo sicure, innaturali.

Vanda osserva Ginevra varcare il cancello e voltarsi un'ultima volta, per rivolgerle col capo un cenno d'incoraggiamento. Controlla l'ora. C'è ancora tempo prima dei colloqui. Mette in moto e supera l'isolato, poi parcheggia e spegne la macchina. Ha il respiro corto, due chiazze zuppe di sudore sotto le braccia. Cerca di fare un respiro profondo, poi si guarda. Gli occhi, senza il trucco, sono nudi e gonfi, rivelano la fatica di una vita passata a cercare di arginare il peggio. Ha il volto di un animale: in ogni ruga c'è l'ansia dello scoiattolo che prepara la tana per sopravvivere all'inverno, la meticolosità della formica in cerca di provviste, il tremore della lepre in fuga dalla morte.

È per pudore che prende l'astuccio dalla borsa, ne estrae il tubetto di fondotinta e inizia a spalmarsi con le dita uno strato spesso di crema sulle guance scavate, sotto gli occhi, sulle linee lungo la fronte; che prende la matita nera e traccia il contorno degli occhi; che col rossetto ricopre le labbra, in fretta e senza cura, mossa solo dall'ansia di finire. Tira indietro i capelli e li raccoglie in una coda stretta. Si guarda, finalmente sollevata. Adesso sì, che ha la dignità di un essere umano: volgare, osceno, infido. Adesso sì, che si riconosce.

Scende, varca il cancello e attraversa il cortile. Si ferma sul portone, che dà su un grande corridoio bianco illuminato dalle luci al neon. Sulla parete, nella bacheca di vetro, c'è appesa una fila di fogli stampati. Quei timbri ministeriali, quelle firme illeggibili, le mettono una terribile angoscia. La fanno pensare a decisioni prese su scrivanie di palazzi austeri, dai muri spessi, da persone che tengono in pugno le vite degli altri, inclusa la sua.

Nella mano stringe il pezzo di Scottex stropicciato su cui Ginevra ha scritto i cognomi dei professori che dovrà incontrare. I colloqui, le ha detto, si sarebbero tenuti al primo piano. Deve solo varcare la soglia e fare a piedi una rampa di scale.

Quando sente dei passi alle sue spalle, si sposta per liberare il passaggio. L'affianca un uomo alto e ben vestito, i lineamenti signorili.

«Sa dove sono i colloqui della prima D?» le domanda gentilmente, con voce priva di accento.

«Al primo piano.» Vanda risponde in un sussurro, dosando bene le parole.

Lui resta in silenzio, la guarda negli occhi, riflettendo. Tra le labbra brillano due file di denti bianchi. «Lei è la mamma di...?»

«Ginevra.» Vanda sorride, orgogliosa. «Sono la mamma di Ginevra. Lei, invece?»

«Sono il papà di Camilla. Piacere.» Le tende una mano liscia, perfetta.

Vanda la sfiora appena, come per paura di sciuparla. Lui è esattamente come se l'era immaginato, ma più gentile, più radioso ancora. Vorrebbe ringraziarlo per aver accolto Ginevra in casa sua, per averla riaccompagnata, ma non dice nulla. Le importa solo del bagliore che è sicura di avergli visto negli occhi, quando lei ha pronunciato il nome di sua figlia, perché le ha confermato quanto ha sempre saputo: ovunque vada nel mondo, Ginevra lascia il segno. Per lei non ci sarà sogno troppo grande, stella che splenda troppo in alto.

L'uomo le rivolge un cenno del capo, come a dire: "Vado".

Vanda rimane a guardarlo salire le scale, lisciandosi la gonna con le mani. Ripete tra sé le parole da dire ai professori, scelte insieme a Ginevra e poi imparate a memoria. Le ha scritte a matita su un foglio e le ha ripetute tutta la notte. Eppure, adesso, nella sua testa c'è solo buio. Non si sente le gambe, è costretta a guardarle per assicurarsi che ci siano ancora. Ma non le appartengono più, hanno vita propria. La portano fuori, in cortile e poi in strada, di corsa verso la Fiesta rossa. Entra in macchina e abbassa la sicura. Adesso può finalmente respirare. Resta lì, sprofondata nel sedile, a fissare i moscerini morti sul parabrezza.

Dal pianerottolo si sente il telefono squillare. Ginevra spalanca la porta e corre a rispondere. «Pronto?»

«Buongiorno, la signora Ranelli?»

Un attimo di silenzio. «Sono io.»

«È il Sant'Eugenio, signora. Suo marito si trova qui. Un vicino di casa l'ha trovato accasciato sulle scale e ha chiamato l'ambulanza. Sta bene, bisogna che qualcuno lo venga a prendere.»

Ginevra fissa l'apparecchio e inspira forte. «Arrivo.»

Raggiunge la porta di casa per precipitarsi di nuovo fuori, poi si ferma. La chiude, va in bagno e lentamente si lava le mani e la faccia. Sente il piacere dell'acqua fresca sulla pelle, dilata ogni gesto consapevolmente. Approfitta di quel tempo sottratto al suo dovere, sforzandosi di scrollarsi di dosso ogni senso di colpa. È un piccolo anticipo di libertà, un assaggio della vita che un giorno sarà sua soltanto.

Marcello è accasciato su una di quelle sedie di plastica che si trovano in file da cinque nei corridoi degli ospedali. Lo sfiorano fantasmi in pigiama attaccati ai carrelli delle flebo, barelle spinte da infermieri di fretta, visitatori in apprensione in cerca di un parente.

Ginevra si avvicina e senza dire nulla gli afferra un braccio. Cerca di tirarlo su, ma suo padre non collabora. Volta adagio il collo verso di lei, pare quasi in stato di incoscienza. Impiega diversi secondi a riconoscerla, poi le sorride debolmente. Ginevra prova di nuovo a farlo alzare, lui questa volta l'asseconda. Pesantemente si solleva appoggiandosi a lei.

«Sto male, portami nella mia stanza» sibila con voce rauca.

Ginevra lo strattona bruscamente verso l'uscita. «I medici hanno detto che stai bene, te devo portà a casa. Vieni.»

Marcello non accenna a muoversi. Si sbilancia in avanti, tirato dal braccio della figlia.

«Dài, papà, andiamo.» Il tono adesso è più dolce. «T'accompagno io, te metto a letto.»

Lentamente, come attingendo a un'energia lontana e precaria, Marcello inizia a inforcare passi. A ritmo ormai rodato giungono nell'atrio e da lì escono in cortile. Sotto il patio fanno una pausa. Ginevra lo aiuta a chiudersi la giacca, poi riprendono a camminare. Percorrono il viale alberato impiegando un tempo che pare infinito.

Alla fermata dell'autobus, Ginevra lo aiuta a sedersi sulla panca. Marcello resta lì, a fissare l'asfalto, l'espressione sofferente e smarrita, mentre lei si allontana di qualche passo, cercando di convincersi, almeno per pochi secondi, che quella creatura inerte e dipendente non la riguardi.

L'autobus non passa. Quando finalmente arriva, Ginevra fa cenno all'autista di aspettare. Sostiene il padre mentre si alza e sale i gradini; a bordo, con sguardo severo mitigato da parole gentili, convince un ragazzo a cedergli il posto.

Arrivano a casa di Marcello che è buio. Una fiacchezza profonda le si abbatte sulle gambe all'improvviso, annebbiandole la vista. Non si è mai sentita così stanca in vita sua, è come se una tarma le avesse rosicchiato i muscoli, lasciandola molle.

Aiuta suo padre a sdraiarsi e si ferma a osservarlo negli occhi perduti. Si accorge, d'un tratto, di aver voglia di piangere; è un po' smarrita davanti a quel desiderio di resa che non provava da tempo. Suo padre emette un rantolo stridulo, quasi di soffocamento, seguito da colpi di una tosse tremenda. Ginevra lo fissa glaciale, fino a che il volto ispido di Marcello si fa violaceo. Con gesti lentissimi, versa dell'acqua nel bicchiere e gliela offre. Poi resta lì, vuota e pesante, ad ascoltarlo ingoiare piccoli sorsi, la tosse sedarsi poco a poco.

Si richiude la porta di casa alle spalle e sprofonda nel buio, schiena contro il muro, ferma. Vuole darsi la possibilità di ripensarci.

La decisione ha preso forma nel suo corpo spontaneamente, senza che lei potesse farci niente.

Se ne stava seduta sull'autobus dopo aver lasciato Marcello. Oltre il vetro, il quartiere pulsava del caos del tardo pomeriggio, ingolfato di auto ed edifici enormi. Il pensiero le è venuto così, mentre guardava le macchine in fila. All'inizio la disturbava, era una deviazione dal lucido disegno che nelle ultime settimane andava conferendo un senso a ogni cosa. Faceva pensare a un errore potenzialmente fatale, qualcosa di addirittura malato. Eppure, l'idea di Claudio, l'assurdo desiderio di vederlo, si era già definita nella sua mente. Ginevra l'ha scacciata, ha persino contato mentalmente i soldi messi da parte fin lì, una cifra di tutto rispetto. Per i primi tempi sarebbero potuti bastare.

Ma il pensiero poi è tornato a Claudio. Si è ritrovata a immaginarselo accanto, in macchina, le mani sul volante, gli occhi sulla strada. A guardarli da fuori – lui intento a guidare e lei abbandonata sul camoscio del sedile, la musica nell'autoradio, le gomme che schizzano sull'asfalto per portarli via, insieme – non ci sarebbe nessuna differenza rispetto a come appaiono Claudio e Camilla mentre tornano a casa dopo la scuola.

Ginevra non se lo dimentica, come stanno le cose: questo mai. Sa bene che, una volta giunti allo spiazzo, lei si farà un oggetto a sua disposizione. Che lui poi le darà i soldi. I soldi sistemano tutto: spazzano via i dubbi e definiscono i confini. Gonfiano la sua cifra avvicinandola di un altro pezzetto all'obiettivo. Che importanza mai potranno avere, allora, quei pensieri sull'autobus? Quel desiderio assurdo e perverso di averlo accanto?

Ginevra afferra lo schienale di una sedia in cucina e la trascina in corridoio, fino al mobile del telefono. Si siede, prende la cornetta e digita il numero, riagganciando subito dopo. Si alza, la schiena dritta; fissa le nuove crepe che si sono formate sul muro. Poi afferra di nuovo la cornetta e digita ancora il numero, questa volta lentamente. Lascia squillare una, due, tre volte.

Quando sente la voce di Eleonora, spinge il pulsante con il dito. Va in cucina e si versa un bicchiere di latte, ci inzuppa i biscotti, poi si aggira in salotto per perdere tempo. Torna in corridoio e prende la cornetta. Dopo il primo squillo, risponde la voce di Claudio.

«Sono io. Se vuoi ce possiamo incontrà fra un'ora. Te devo fà vedé 'na cosa. Te piacerà, fidate.»

Irrompe il segnale di occupato, ma più forte ancora il battito impazzito che ha nel petto. Il sangue sembra pulsare per tutta la casa, i muri le tremano attorno. Così non va: deve restare lucida. Corre alla finestra. In fondo, in mezzo al verde intenso delle colline, immagina che passi il treno dell'alta velocità. Riesce a vederlo: l'eleganza della sua corsa, la naturalezza con cui si allontana.

Poco a poco il respiro ritrova il giusto ritmo. Entra in camera sua e inizia a contare i soldi. Seicentosettantasei euro. Rimette tutto a posto. Li conta ancora. Va in bagno, si lava e si rifà il trucco. È tutto sotto controllo. In camera di sua madre, indossa la maglietta nera trasparente. Poi si guarda allo specchio: peccato che Vanda non sia in casa, sarebbe orgogliosa di vederla così.

Claudio guida nervoso sul raccordo, fumando. Sta nella corsia centrale superando le auto alla sua destra e quelle alla sua sinistra. L'abitacolo è gonfio di nebbia bianca, come nel piazzale della torre certe mattine.

«Te l'ho detto, se rispondeva qualcun altro riattaccavo subito» ribadisce Ginevra lentamente, come quando fa la baby-sitter e spiega ai bambini che zombie e fantasmi non esistono. «Dammi il cellulare, allora» insiste poi.

«Lo sai, il cellulare no.»

Claudio aspira una profonda boccata di fumo, poi spegne la sigaretta.

L'auto continua ad avanzare senza che dicano una parola. Dopo aver imboccato l'uscita, fermi al semaforo, Claudio abbassa il finestrino e si sporge a guardare il cielo.

«Tempo dieci minuti e piove» afferma, dichiarando implicitamente di aver ritrovato la calma. «Come sta Camilla?» chiede di colpo, mentre l'auto si rimette in moto sotto il cielo scuro.

È una domanda che stride come un'interferenza fastidiosa. Non avevano mai parlato di lei, prima. Non l'avevano nemmeno nominata, una specie di tacito accordo.

Ginevra affonda le unghie smaltate di azzurro a fiori bianchi nel camoscio del sedile, cercando di nascosto di rovinarlo. «Insomma» risponde con tono vago, volutamente distratto. Poi si gusta la tensione che inizia ad assottigliare l'aria. Il respiro trattenuto di Claudio, la guida improvvisamente scattosa.

«Cioè?»

Lei fa un lungo sospiro, vaga con lo sguardo oltre il finestrino. «C'è uno che la fa star male.»

«Chi?»

«Uno più grande.»

Ginevra sente una fitta di piacere nel petto quando l'apprensione gli gonfia le vene del collo, su, fino alle tempie; gli irrigidisce le braccia e le spalle.

«Quanto più grande?»

Lascia che arrivi fino alla fronte, trasfigurandogli i lineamenti sofisticati.

«Sta in terza.»

Claudio rallenta bruscamente prima di svoltare nella strada sterrata. L'auto ondeggia nelle fosse e sui sassi. Nello slargo, spegne il motore e resta fermo, le mani sul volante. Poi sposta indietro il sedile e si abbandona allo schienale.

«È cambiata, Camilla» confessa con aria preoccupata. «Mi spieghi che le succede? È per colpa di questo ragazzo?»

L'ansia gli pietrifica il volto.

«Cambiamo tutti. Sempre. Che t'aspettavi? Che restava 'na statuina de ceramica sopra il comodino tuo?»

Claudio si volta verso di lei come se quelle parole avessero interrotto un silenzio secolare. Riflette, indaga nei suoi occhi, sembra vederli per la prima volta. Poi si abbandona di nuovo sul sedile e si mette a osservare il cielo gonfio di pioggia.

Ginevra si chiede cosa debba provare Camilla quando è con lui. Come possa sentirsi accanto a quell'uomo che vive, che si strugge per lei. Per un attimo, s'immagina al suo posto. Finge che quell'amore e quella devozione assoluta, anziché per Camilla, lui li provi per lei.

Claudio spegne il cellulare e torna a guardarla, ma in un altro modo. È come se all'improvviso gli fosse scattato qualcosa dentro e un'ondata di gelo avesse cancellato ogni emozione precedente. Ha di nuovo l'espressione indifferente che riserva a lei. Il desiderio che lo devasta, la tensione che è chiamata a soddisfare, non ha realmente a che fare con lei: Ginevra non c'è, non esiste, è un involucro vuoto. Quel briciolo di calore che ha sentito un attimo fa, la sensazione fugace di essere oggetto di qualche considerazione, si è già disfatta.

«Pensavo che non venivi più» dice per prendere tempo. Ma si rende conto in fretta che non otterrà l'effetto sperato.

Lui le allunga una mano dietro le scapole e l'attira verso di sé. La mano scende giù, s'infila sotto il maglioncino, le accarezza i fianchi. Poi si ferma di botto. Le dita corrono lungo la schiena, si bloccano all'altezza delle anche, sulla pelle ancora gonfia e dolorante.

«Cos'è questo?»

Claudio l'afferra per le spalle e la costringe a voltarsi.

Attorno ai lombi di Ginevra, sotto l'orlo di lana, l'angelo azzurro si staglia sulla pelle arrossata.

«Pe' questo t'ho chiamato. Te lo volevo fà vedé.»

«Girati. Voglio guardarlo bene» ordina.

Ginevra si sbottona i jeans e li fa scendere fin sotto le anche. Tira su il maglione e si mette in ginocchio sul sedile, offrendogli la schiena. Quando si volta di nuovo, lui la sta fissando senza fiatare, con occhi spiritati.

«Te piace?» gli domanda dopo un lungo silenzio.

Claudio scende dall'auto e raggiunge lo sportello del passeggero. Apre, e afferrandola per un braccio la costringe a scendere. La trascina per qualche passo, poi la spinge giù, con la pancia contro il cofano. Le schiaccia una mano dietro la nuca. Ginevra non può muoversi, il dolore dietro il collo la paralizza. Lo sente sfiorarle la schiena scoperta, palparle i fianchi, il sedere. Sente il tessuto dei jeans scivolare giù fino alle ginocchia, il freddo pungerle le gambe. Con tutte le forze che le restano, piega un braccio dietro la schiena e afferra la mano di Claudio, bloccandola.

«Me devi dà di più» esclama con voce sottile, ma implacabile.

Claudio continua ad ansimare, non ribatte. Avvicina il volto al collo di lei, come chiedendole di ripetere.

«Me devi dà di più» ripete lei, scandendo bene. «Il doppio.»

Claudio le lecca il collo, proprio vicino all'orecchio. Le blocca il polso piegandole il braccio sopra la testa. Ginevra allora capisce che le avrebbe dato qualunque cifra. Se solo lo avesse intuito prima; se solo potesse leggere i pensieri di Claudio con la stessa facilità con cui ha imparato a staccarsi dal proprio corpo e smettere di sentirlo suo. Chiude gli occhi.

Attorno a loro un fruscio feroce nei cespugli, il grido quasi disperato degli uccelli tra i rami. In un attimo si ritrova in cima all'albero più alto, in mezzo a quello sbattere d'ali e quei versi dilanianti, dove il vento agita i rami e le foglie. Da lassù, se abbassa lo sguardo fin dove le chiome si fanno più rade, al centro dello spiazzo terroso riesce a vedersi: il corpo piegato sul cofano della BMW, la schiena bianca e inerme sulla quale, dal cielo, inizia a cadere qualche goccia.

Vanda risponde al telefono e resta in attesa, trattenendo il fiato.

«È la segreteria della scuola Giacomo Leopardi. Cerco la signora Vanda Ranelli.»

Un lungo silenzio. «Sono io.»

«È da parte della Presidenza. Sua figlia Ginevra ha fatto dodici assenze negli ultimi due mesi, in aggiunta al rendimento insufficiente. Se almeno la frequenza d'ora in poi non sarà regolare, non ha alcuna speranza di salvare l'anno.»

Vanda allunga un braccio per afferrare una sedia, l'avvicina e vi si lascia cadere sopra.

«Va bene.» Riaggancia e respira profondamente due volte. Poi si alza, barcollando raggiunge il divano e resta lì, sprofondata nel silenzio della casa.

È già buio quando Ginevra rientra. Vanda la guarda dal divano senza dire nulla. Significa: vieni qui.

Ginevra la raggiunge e le si siede accanto.

«Ho conosciuto il padre di Camilla» dice tutto d'un fiato, come una confessione terribile. Teme che Ginevra possa vergognarsi di lei. «Non sò entrata ai colloqui, amo'» dichiara infine, «non ce l'ho fatta.»

Ginevra le sfiora una spalla dolcemente. «Hai fatto bene.»

Rassicurata, Vanda diventa un fiume in piena. «Me dispiace, ma io non le posso fà 'ste cose. Prima hanno chiamato da scuola tua, pensavo che era perché non c'ero andata, me sò presa 'na paura...» Ride, imbarazzata. «Pensavo ch'avevo rovinato tutto.»

Ginevra continua a fissarsi i piedi.

«Come va con quel ragazzo?» Vanda resta in attesa, carica di aspettative.

Per liberarsi dal peso del suo sguardo, Ginevra l'abbraccia all'improvviso. Il suo corpo esile si avvinghia a quello della madre, spinge sul ventre, ci si rintana. Vanda le circonda le spalle con il braccio e le carezza la schiena, a disagio, sforzandosi di passare sopra la propria inadeguatezza.

Ginevra esaurisce la stretta e si stacca, il volto esausto, abbandonato. La fissa, nella sterile speranza che sua madre, questa volta, non la lasci sola come quel giorno, a casa del Poeta.

Vanda le solleva il mento con la mano e la guarda negli occhi spenti.

«Quello dell'altra volta, dico» riprende poi, continuando a fissarla. «Il figlio del notaio.»

13

«Non credo, avvocato, che io possa...» Arianna attende paziente la sfuriata di Claudio, le braccia incrociate davanti al grembo, con dignità.

«Per causa sua ho lavorato tutta la mattinata sull'atto sbagliato. Vorrei soltanto che ognuno si prendesse le proprie responsabilità.»

«Certo, avvocato. Dicevo solo che ho già controllato la mail; la versione dell'atto che le ho inviato ieri era quella giusta. La prego di verificare. Credo quindi che poi, per errore, lei non abbia preso quello, ma un file sbagliato. Tutto qui.»

Claudio non ascolta. «Arianna, da lei non mi sarei aspettato un comportamento simile. Non riferirò il fatto a Cassiani solo perché lavora qui da tanti anni. Ma sappia che dovrò passare la pausa pranzo a rimettere tutto insieme. Adesso vada, mi lasci lavorare.»

Arianna esce dalla stanza. Claudio apre il file e riga dopo riga inizia a leggere il testo, ma le parole si susseguono senza un senso. Sente gli occhi pungere, le narici bruciare. Deve mandare l'atto ad Alfredo entro un'ora. Va in bagno e si lava la faccia. Quando rialza la testa, nello specchio vede un uomo inutile, disperato. Esce col volto gocciolante e prosegue fino al corridoio. Lo studio è deserto, nel silenzio dell'ora di pranzo. Soltanto Arianna siede ancora al suo posto, lo sguardo carico d'ansia. Solleva gli occhi su di lui. Claudio attira a sé una sedia girevole e sull'orlo del pianto le si siede accanto.

«Io qui dentro non sono niente, lo capisci?» scandisce con voce rauca. «Qui dentro e là fuori: niente. Meno di zero. Ti è chiaro questo?» La fissa con occhi allucinati, poi si alza e torna nel suo ufficio sbattendosi la porta dietro.

Arianna entra poco dopo senza bussare. Richiude accostando piano.

Claudio è alla scrivania: sta fissando lo schermo, la testa tra le mani. Arianna si avvicina, ma lui si alza di scatto e va alla finestra. Oltre il vetro splende il sole, sul cielo nitido si delineano i profili eleganti dei palazzi del centro. Rivolto verso la città, si accende una sigaretta.

Arianna lo raggiunge alle spalle. Fa aderire il corpo alla sua schiena e lo cinge con le braccia da dietro.

Claudio resta fermo, paralizzato dalla sorpresa. Eppure lo ha sempre saputo, che ad Arianna non importava.

Stanno così, immobili come tutto il resto nella stanza, un unico blocco di carne e sangue che proietta sul pavimento un'ombra informe, dal contorno vagamente inquietante; la metamorfosi in atto di una creatura surreale, un mostro a due teste.

«Voglio venire a casa tua» dice Camilla senza togliere gli occhi dal diario su cui sta scrivendo le parole di una canzone.

«È lontano, te l'ho detto» taglia corto Ginevra. Apre il libro di italiano e inizia a sfogliarlo.

«E allora?» insiste l'altra.

Ginevra non risponde, tutta concentrata a cercare qualcosa tra le pagine. Camilla si arrende. Rilegge quel che ha appena scritto mentre in viso le compare un'aria sognante.

«Ma come ti ha detto, esattamente?» riprende poco dopo.

Ginevra chiude il libro e paziente ripete il racconto per l'ennesima volta: «Che sabato è il compleanno suo e ce invita alla sua festa. A tutt'e due».

Camilla si rigira la penna tra le dita, sospirando. «Sì, ma che parole ha usato?»

«Non me lo ricordo. Ma che te cambia?»

«Cambia. Se si ricordava il mio nome, cambia.»

«Se lo ricordava. Ha detto: "Tu e Camilla". Su questo ce posso giurà.»

Camilla si sdraia per terra vicino ai piedi di Ginevra, le braccia incrociate dietro la testa. «Voglio venire a dormire da te, dopo la festa.»

Ginevra la guarda brevemente. «E perché?»

«Così. Non ho voglia di tornare qui.» Giocherella con una ciocca di capelli, riflettendo. Poi aggiunge sospettosa: «Perché tu ci vieni, alla festa, vero, Ginni?».

Ginevra solleva le spalle e chiude il libro. «Penso di sì. Adesso devo annà a casa, che dopo le sette l'autobus non passa più.»

Camilla controlla l'ora. «No, è già troppo tardi.» Si alza in piedi. «Ti accompagniamo noi.»

Claudio siede alla scrivania, nel cono di luce della lampada a braccio. Camilla apre la porta e si avvicina in silenzio. Gli si siede sulle gambe, poggiando la testa sulla spalla. Lui prima la ignora, poi inizia ad accarezzarla piano con l'indice dietro il collo.

Camilla resta immobile nel cerchio formato dalle braccia di suo padre. Quando sente i passi in corridoio, gli avvicina le labbra all'orecchio e sussurra: «Ginevra deve tornare a casa. È tardi. Possiamo accompagnarla alla fermata?».

Claudio continua a battere sui tasti, le pupille contratte nella luce dello schermo. Sbuffa, come se i pensieri gli si accavallassero in testa e lui non potesse far nulla per sciogliérli. «Ho molto da fare. Le paghiamo un taxi» ribatte, frettoloso e fiacco.

Vagamente sollevata, Camilla gli affonda la testa nel petto.

In quel momento, oltre la striscia d'ombra che avvolge il resto della stanza, sulla porta compare Ginevra. «Non c'è bisogno, vado a piedi» dice, poi scompare.

Camilla continua a strusciarsi addosso a suo padre; sul muro, proprio dietro di loro, una foto li ritrae nella stessa posizione, un bar in spiaggia, i volti scuriti dal sole.

Claudio tira fuori dal cassetto il portafoglio. Ne estrae una banconota da venti e la porge a Camilla. «Di' a Paloma di chiamare un taxi.»

Scatta l'interruttore; Claudio e Camilla si voltano, gli occhi strizzati nella luce improvvisa.

Seria e pallida, sulla porta c'è Eleonora. Le occhiaie risaltano per la sporgenza innaturale degli zigomi. «Non ho niente da fare» dice. «L'accompagno io.»

«Ti aspetto in macchina.»

Eleonora si richiude la porta alle spalle, i capelli avvolti in un foulard di seta per proteggerli dall'umidità. Prende l'ascensore e attraversa veloce il cortile.

L'abitacolo è intriso del profumo intenso e rassicurante di Claudio. Lei non guida quasi mai: ha paura di investire qualcuno, fare danni alla vettura. Sedersi al volante dell'auto di Claudio, però, avere il controllo di qualcosa di suo, è elettrizzante. È come tenere in pugno un pezzetto della sua vita, e quell'idea le dà un'euforia perversa. Le fa venire voglia di scendere più a fondo, fino a superare i confini che di solito evita accuratamente di perlustrare, quelli oltre i quali ogni cosa andrebbe in frantumi. Le fa venire voglia di distruggerlo e poi restare lì, a guardarlo agonizzare. Ma presto l'adrenalina cala, e torna a impossessarsi di lei quel senso di inadeguatezza, di dipendenza e di bisogno.

Ginevra compare oltre il vetro appannato. Sale a bordo e resta seduta, immobile, zitta. Eleonora mette in moto spiando la sagoma delle gambe di ragazzina avvolte nei jeans dozzinali, il seno gonfio, strizzato nella stoffa del top che spunta sotto la giacca. Il suo corpo è una dichiarazione sfacciata di giovinezza e sensualità.

«La cintura» ordina fiaccamente.

Guida fissando la strada, ma non riesce a togliersi dalla mente la forma delle sue labbra. Quello superiore ha il bordo rialzato, così che la bocca resta sempre un po' aperta. Labbra come quelle non si dimenticano: ti restano in testa e ti perseguitano per sempre. Ha notato fin da subito il modo in cui Claudio evitava di guardarla. L'urgenza con cui si allontanava da lei, quando gli capitava di incontrarla per la casa. Ha sempre saputo che effetto gli facesse, la cosa la eccitava perfino. A volte, facendo l'amore, immaginava che in quel preciso momento lui stesse pensando a Ginevra; allora era come scomparire, ed era bellissimo.

Ma se all'inizio Claudio si teneva semplicemente a distanza da lei, il suo a un certo punto è diventato vero e proprio terrore. Ha cominciato ad allontanarsi da Ginevra come da un pericolo reale, concreto. Anche poco fa, quando Camilla gli ha chiesto di accompagnarla a casa, era così preso dal mostrarsi imperturbabile che non ha nemmeno guardato sua figlia in faccia. Ma Eleonora l'ha vista, la paura sul suo volto.

«Va bene qui.» Ginevra apre lo sportello non appena la macchina si ferma, tradendo la fretta di scendere. Ma prima, la testa come un macigno, si volta verso di lei e le rivolge uno sguardo di ringraziamento.

È la prima volta che si guardano negli occhi; Eleonora lo ha sempre evitato, come per proteggersi da uno schiaffo. Era certa di trovarci dentro compassione per la sua età, per il suo corpo in decadimento, per la sua vita che ha iniziato la discesa. Ma adesso che li affronta, negli occhi di Ginevra trova qualcosa di ancora più spaventoso. Il vuoto, il nulla: non la vedono neppure. Ginevra è un serpente. È pronta a strisciarle addosso se necessario, nella sua corsa alla sopravvivenza.

Prima che scenda sul marciapiede, Eleonora la blocca afferrandole il braccio. «Aspetta» le intima dopo aver lasciato la presa.

Ginevra si gira, le mani a croce sul petto in un gesto istintivo di difesa. Eleonora si sporge verso di lei. Solleva l'indice tremante fino a sfiorarle la bocca, poi inizia a tracciarne il contorno lentamente, seguendo le curve una a una. Ginevra resta paralizzata, impotente. Eleonora affonda il dito nella sua carne come se le appartenesse, se qualcosa di sua proprietà le fosse sfuggito accidentalmente e ora se ne stesse riappropriando. Poi, d'un tratto torna in sé. Le sorride tranquilla, autorizzandola implicitamente ad andare.

Ginevra scende e senza dire nulla richiude lo sportello. Eleonora la guarda allontanarsi adagio, nascosta nella giacca e nel cappuccio; finalmente innocua e anonima, mischiarsi alla piccola folla che circonda la fermata del bus.

Eleonora si alza dal letto non appena la porta della stanza di Paloma si richiude. Camilla è uscita, e Claudio non tornerà prima di un'ora. Nello studio la finestra è spalancata. Sembra quasi che lui l'abbia fatto apposta per tenerla lontana, per dirle: questo non è il tuo posto. Si affretta a chiuderla, mentre già sente la gola gonfiarsi. Aspetta che il respiro torni normale, infine si siede e accende il computer. Apre la casella email. L'indirizzo del servizio clienti spicca in neretto tra i mittenti della posta in arrivo. Apre l'allegato che ha richiesto: il tabulato telefonico degli ultimi tre mesi. Lo stampa, piega il foglio in quattro e se lo infila nei jeans. Poi prende un blocchetto di post-it e va in camera di Camilla.

Lo zaino della scuola è sulla scrivania, coperto di firme di amici di cui lei non conosce il nome. Eleonora sfoglia il diario fino alle ultime pagine, quelle della rubrica telefonica. Ginevra Scarlizzi. Ricopia il numero sul post-it e chiude il diario. Poi ci ripensa. Nelle pagine centrali trova una foto di classe; tra i volti di adolescenti distingue Camilla, sorridente come non l'ha mai vista, e Ginevra, seria e accigliata, quasi adulta. Prende la fotografia e infila anche quella nella tasca dei jeans.

Prima di andarsene si ferma ancora un momento. Forse, se sfogliasse il diario un altro po', tra quelle scritte fosforescenti, tra le dediche e i disegnini, potrebbe capire qualcosa in più di sua figlia. Allora si mette a girare qualche pagina a caso, svogliatamente, ma ogni cosa le appare talmente estranea che finisce solo per rendere Camilla un essere ancora più sconosciuto.

Eleonora stende le braccia verso l'alto e cerca di allungare la schiena, espirando a fondo. Tira di nuovo fuori la foto di classe. Con la matita, lenta e precisa, traccia un cerchio quasi perfetto attorno al volto di Ginevra. Poi rimette ogni cosa al suo posto, avendo cura di lasciare tutto come l'ha trovato.

14

Fabio arriva sempre nel primo pomeriggio, perché Enzo, fino a una certa ora, tra i piedi non ce lo vuole. A volte non c'è nessuno, capita che aspetti ore in mezzo alla radura. Si perde nel silenzio dei chilometri di campi che lo circondano, coi moscerini che gli s'impigliano tra i capelli e la terra nelle scarpe, fino a che il vento, attraversata la vallata, va a scaraventarsi contro la rete di cinta, scuotendola di botto con tonfi che lo fanno sussultare ogni volta.

Poi compare Enzo. Gli indica qualche moto arrivata con la refurtiva del mattino e va a chiudersi nel casotto. Non si sa mai quando ne uscirà. La sera, finito il lavoro, Fabio deve aspettare che Enzo si faccia vedere prima di potersene andare. Aspetta quanto c'è da aspettare, a volte fino a notte fonda. Poi, quando lo vede sbucare dalla porticina di lamiera, gli mostra quel che ha fatto. Quello annuisce, e allora sa che può tornarsene a casa.

Oggi, tra le mani ha un bell'SH rosso, lucido lucido, nuovo di zecca. Finito di avvitare l'ultimo bullone, accende il motore per assicurarsi che il rombo sia quello giusto. Ricerca un'armonia esatta, quella melodia che si arresta alla base delle tempie, scivolando da una parte all'altra della fronte. Suona il motore come uno strumento, tutto perso nel suo mondo, quando Enzo gli appare davanti e si mette anche lui in ascolto, serio, con aria competente.

«Hai lavorato bene pure 'sta volta.» Annuisce e poi lo squadra, come valutandolo. «Famo 'na cosa. Tienilo te. È tuo. Devi solo fatte trovà domani alle undici e mezza dove te dico io.»

Gli porge un pezzo di carta mezza strappata. In una grafia infantile c'è scritto un indirizzo; le lettere iniziano piccole e si vanno ingrandendo, cascando verso il basso.

«All'angolo vedi 'n'edicola. Davanti, te trovi un divieto de sosta mezzo staccato dal palo. Te metti lì e aspetti. Arriva 'na persona e sale dietro de te. Metti in moto e parti. Questo solo, devi fà.»

Fabio ascolta attentamente, annuendo appena, cercando di non smuovere troppo l'aria. Quel motore è il suo capolavoro. Emette una musica suadente, ed è giusto che se lo porti a casa: non sa altro. Stasera non tornerà alla torre a piedi, sbucando dai campi stanco e sudato, sporco di terra e letame. Arriverà in sella al suo SH, tranquillo come un signore, preannunciato da quella musica. E se Ginevra avrà qualcosa da ridire, scrollerà le spalle senza senso di colpa né mortificazione. Le spiegherà che questa volta è diverso, che se l'è guadagnato lavorando.

Corre veloce sulla strada verso la torre. Il piazzale è vuoto: sotto l'unico lampione acceso, il vento trasporta cartacce e sacchetti di plastica. Aspetta a lungo, ma Ginevra non si vede. È tentato di salire all'undicesimo piano e bussare alla sua porta, ma teme che lei non capirebbe. Allora aggira la torre fino all'ala est e lascia l'SH in mezzo all'erba alta, accanto alle inferriate arrugginite del laboratorio. Mentre si allontana, si gira solo un'ultima volta a guardare orgoglioso la carrozzeria, illuminata dalla luce della luna che filtra fiocamente dalle nuvole bianche.

«Vorrei che si rialzasse un po', così.» Eleonora spinge l'indice al centro del labbro superiore, sollevandolo appena. La donna col camice bianco annuisce, sforzandosi di mostrarsi empatica dietro gli occhiali tartarugati. Eleonora la scruta attentamente per assicurarsi che abbia capito bene. Poi raggiunge la sedia su cui ha posato la borsa e ne estrae la fotografia.

«Ecco, così.» Eleonora indica il cerchio, al cui interno, come in una foto commemorativa, compare il volto di Ginevra. «Non è molto chiaro, ma credo si capisca...»

La dottoressa si china sulla fotografia e studia la testa non più grande di un'unghia. Poi annuisce profondamente, corrugando la fronte.

Eleonora si riprende la foto. Resta per un po' a fissarla, come persa, infine la posa sul tavolo. «Vorrei anche ridurre questa pesantezza delle palpebre, può fare qualcosa, dottoressa?»

La donna annuisce di nuovo, rassicurante e professionale.

«Ma non mi faccia assomigliare a quei mostri che si vedono in giro. Sembrano ancora più vecchie di prima. Io voglio solo rinfrescare. Tornare un po' indietro, capisce?»

«Non si preoccupi, Eleonora, gli interventi che facciamo qui sono tutti reversibili. La sostanza verrà riassorbita dal suo corpo in sei mesi. Poi l'effetto sparirà completamente.»

Eleonora si blocca, gli indici premuti contro gli zigomi ritoccati il mese scorso. «Soltanto sei mesi?»

«Stia tranquilla. A quel punto ripeteremo l'intervento.»

Eleonora annuisce adagio, per nulla rassicurata. Aveva sperato di potersi sottrarre all'incombere del tempo per sempre.

«D'accordo, dottoressa. Facciamolo.»

La donna si volta e inizia a preparare la siringa.

Eleonora si guarda intorno. Le pareti bianche sono ricoperte da gigantografie di volti femminili. Non appena sarà uscita dalla stanza, parlerà con la segretaria per fissare il prossimo appuntamento. Sarà meglio anticiparlo di qualche settimana. Non vuole rischiare che l'effetto svanisca troppo in fretta, e la sua faccia le si palesi davanti all'improvviso, senza scampo.

L'indomani, Fabio arriva in anticipo, deciso a non sbagliare niente. Non vuole deludere Enzo, vuole che continui a fidarsi di lui, a essere orgoglioso di lui. Identifica la via, l'edicola, l'insegna. Si mette in attesa dietro l'angolo del palazzo, e quando mancano pochi minuti avanza deciso fino all'incrocio. A ridosso del divieto di sosta, si ferma e aspetta.

Si alternano passaggi di camion e auto, silenzi dominati dallo stridere dei gabbiani in cielo, folate di vento in cui volteggiano le foglie secche, persone di passaggio, cani. Quando sente un trambusto alle sue spalle, si volta. Qualcuno arriva di corsa, la testa incappucciata, una busta della spesa tra le mani. Salta sulla sella dietro di lui colpendolo violentemente sulla schiena, una botta secca che gli toglie il fiato.

«Sbrigate, daje» gli ordina.

Fabio mette in moto e parte. Gira a caso per le strade di quella zona sconosciuta della città tirando al massimo il motore, così come gli è stato detto di fare. Diffonde, per le strade squallide e desolate, una sinfonia divina.

«Fermate. Fermate, t'ho detto!» gli intima a un tratto il tizio.

Fabio accosta; il tizio scende e s'infila correndo nel vicolo tra due palazzi. Si è tolto il cappuccio, non è molto più vecchio di lui. Fabio rimette in moto e inizia a vagare a casaccio. Quando si accende la spia della riserva, ferma un passante e chiede indicazioni per la tangenziale. È calmo, quasi serafico, come in un sogno. Si fa portare dagli eventi, lascia gli interrogativi appesi da una parte.

Inforca la tangenziale e si dirige verso casa, lievemente turbato dal dubbio di non aver fatto ogni cosa per bene, di aver in qualche modo disatteso le raccomandazioni di Enzo. Ma a furia di pensarci, finisce per tranquillizzarsi: ha eseguito alla perfezione quanto gli è stato ordinato, e già s'immagina domani, quando Enzo in officina gli darà la solita pacca sulla spalla, lo guarderà con quei suoi occhi gialli, e sorridendo gli dirà che è stato bravo.

Percorrendo a piedi il tragitto che dal capolinea conduce alla torre, Ginevra sente all'improvviso la primavera in arrivo. È ancora soltanto un'intuizione, qualcosa nel modo in cui l'aria fredda della sera si deposita sulla pelle ed evapora appena più in fretta di prima, nell'odore che trasuda dall'erba bagnata. La notte avvolge il sentiero come un lago oscuro, sopra il quale, punteggiata di finestre pallide, svetta la torre. Man mano che s'ingrandisce fino a sovrastarla, le pare che il silenzio si faccia più fitto, quasi tetro. Il piazzale è attraversato da poche figure, che avanzano con movimenti meccanici; un piccolo gruppo di giovani se ne sta accasciato da una parte, sul confine tra il cemento e la terra che via via digrada nella campagna, verso la periferia della città, una striscia di luci che, da lì, pare una ghirlanda festosa. Il cielo nero sovrasta ogni cosa.

Ginevra entra nell'atrio con addosso un senso inspiegabile di angoscia, che il rimbombo dei suoi stessi passi rende ancora più pesante; un'eco che pare moltiplicarsi all'infinito. Tanta è la stanchezza che per un attimo pensa di tentare l'ascensore, poi opta istintivamente per le scale. Al sesto piano, come se in qualche modo sapesse che le cose si stanno per chiarire, si avvicina alla porta del sessantadue. È socchiusa. Ginevra resta ferma ad ascoltare il silenzio che proviene dalla casa, poi spinge la porta.

Nel soggiorno è accesa una fioca lampada a muro, i mobili proiettano sul pavimento un'ombra tenue e allungata. Le tendine di pizzo sono chiuse, regna una calma innaturale.

Ginevra entra e si spinge fino al corridoio. Nella prima camera le tapparelle sono abbassate per metà; sopra il letto matrimoniale, al posto del crocifisso, è appesa una foto del padre di Fabio, sorridente ed elegante, con un calice di vino in mano. Prosegue fino alla stanza di Fabio.

Il letto è stato rifatto, la scrivania lucidata, il pavimento è sgombro e pulito. Non c'è traccia di vestiti, né degli altri oggetti che di solito sono sparsi dappertutto. C'è un forte odore di detersivo per pavimenti. Fa pensare a una stanza di ospedale, a un obitorio. Solo quando torna in soggiorno si accorge di Diana, ferma accanto alla credenza, lo sguardo fisso oltre la finestra.

«Diana?» L'altra non si muove. «Diana? Dov'è Fabio?»

Al suono di quel nome, la donna sembra svegliarsi. «Lo hanno portato via» risponde spingendosi il pugno contro la gola.

Ginevra si sente in colpa: ha sempre saputo che sarebbe finita così. Lo sapeva e non l'ha avvertita. Ogni volta che Fabio ha cercato di rassicurarla, ogni volta che le ha garantito che non avrebbe seguito la prima strada che gli si fosse dispiegata davanti, lei non gli ha creduto, nemmeno quando era sincero. È per questo che adesso è così calma.

Diana la guarda con occhi di vetro, le braccia penzoloni lungo i fianchi. Ginevra non prova niente. È come se il dolore di Diana esentasse lei dal sentire alcunché, l'autorizzasse a pensare a sé stessa, a continuare per la strada che si è tracciata da sola, per salvarsi. Ha la precisa percezione che con quella mollezza, con quell'abbandono, Diana le stia chiedendo un abbraccio, dello stesso tipo che anche lei, negli ultimi tempi, è andata in qualche modo mendicando. Stanno rigide, una davanti all'altra, senza che nessuna delle due osi muoversi. Poi, Ginevra si avvicina di un passo. Diana la cinge con le braccia e le appoggia la guancia alla fronte. Ginevra sente il calore dei loro corpi fluire l'uno nell'altro, ed è una piccola morte, la fine di tutto, ma anche l'inizio di qualcosa.

Prima di allontanarsi guarda Diana negli occhi, poi corre sul pianerottolo e sale le scale veloce, una corsa leggera, che non fa rumore.

La porta si richiude alle sue spalle e subito la casa la ingloba con le sue lusinghe rassicuranti, quella familiarità tossica. Si lascia cadere sul divano e accende la tivù, scorrendo i canali uno dopo l'altro. Poi spegne e apre lo zaino. Sul diario, alla pagina di oggi, c'è appuntato l'indirizzo di Matteo: via della Rocca della Farnesina 33. Immagina l'appartamento traboccante di ragazzi su di giri. Poi immagina Fabio, seduto nell'ufficio del commissariato di polizia. Riesce a vedere l'uomo davanti a lui, l'aria annoiata e la sigaretta accesa mentre sfoglia le carte; il cognome di Fabio lo conosce già, era schedato da qualche parte, insieme al suo destino.

Vanda entra in quel momento. «Tutto bene?»

Ginevra le sorride, negli occhi una dolcezza voluta. «Sabato ho una festa a casa de uno de scuola. È il figlio del notaio.»

Vanda le accarezza il viso più volte, ha gli occhi lucidi. «Non te devi preoccupà de niente, amo'. Te lo trovo io, il vestito.»

Ginevra va in cucina e beve un bicchiere d'acqua. Poi si guarda intorno, quei mobili su cui sua madre si è accanita mille volte con uno straccio, come a volerli far sparire. Inizia a frugare sotto il lavandino. Dietro di lei, Vanda la osserva dalla soglia. Ginevra tira fuori lo spray alla candeggina e inizia a spruzzare detersivo sugli sportelli lucidi, cercando di rimuovere granelli di una polvere che esiste solo nella sua testa.

Vanda si siede sul divano, ammirando la grazia che traspare da ogni movimento della figlia. È sempre stato così, a tre anni i suoi gesti erano già nitidi. Quella bellezza non può che essere il frutto di un disegno preciso, una ricompensa, un riscatto. Ce l'aveva scritto addosso che ce l'avrebbe fatta. La raggiunge e cerca di toglierle lo straccio dalle mani, vorrebbe che non dovesse mai occuparsi di certe cose. Ma Ginevra glielo impedisce.

«Ce penso io, ma'. Tu vatte a riposà pe' una volta.»

Vanda resta in silenzio. L'aiuta a infilarsi il grembiule di plastica, tira fuori una bacinella e ci versa dentro un po' di detersivo, poi lo diluisce con acqua calda. Prende la scala e l'avvicina al muro. La macchia di umidità è ricomparsa.

«Sempre nello stesso verso. Così» sussurra mentre le mostra come fare.

Ginevra cerca di riprodurre movimenti identici a quelli di sua madre. L'una accanto all'altra in equilibrio sulla scala, continuano a sfregare lo straccio sul muro; due figurine in bilico, contratte nello sforzo di non cadere.

15

Paloma appoggia l'abito stirato sul letto, mentre Eleonora studia nello specchio la propria sagoma ossuta. Addosso ha un paio di slip di pizzo trasparente, le mani incrociate sul seno. Paloma sbircia la figura filiforme di Eleonora, proporzioni che rispetto alle sue sembrano appartenere a una diversa specie vivente. Fa per uscire, ma sulla soglia si volta. Eleonora sta faticando ad annodarsi il vestito dietro il collo.

«Signora, posso?»

Eleonora trasalisce, poi le fa cenno di rientrare. Solleva i capelli e si gira, offrendole la schiena. Sulle punte, Paloma annoda la seta della scollatura all'americana. La pelle di Eleonora è bianca, perfetta come un foglio nuovo. «Sta molto bene, signora.»

Eleonora si guarda nello specchio. «Sono un po' castigata. Non trovi?»

«No, signora. Elegante. E schiena scoperta molto bella.»

«Hai ragione tu. È una serata di un certo tipo, meglio non esagerare.» Lascia ricadere i capelli sulle spalle e le braccia lungo il corpo. «Tu hai sempre ragione, Paloma.»

Davanti alla porta di Camilla, Paloma bussa due volte.

Si sta spazzolando i capelli sciolti, gli occhi illuminati da un velo di mascara. Indossa un vestitino nero comprato per l'occasione, bretelline sottili, vita stretta. Le gambe s'intravedono sotto le calze velate.

«Tesoro! Che incanto! Ti diverti, alla festa.»

Camilla posa la spazzola e si volta verso di lei, gonfiando appena il petto con solennità. «Credi davvero che un ragazzo potrebbe essere attratto da me?»

Paloma le si avvicina con tenerezza e le sfiora il viso con la mano tozza. «Tu sei un incanto, amore, un tesoro prezioso. Non ti dare via. Ricordalo sempre.»

Camilla nasconde il viso nel seno florido di Paloma, forse per timore che possa leggerle in faccia le sue intenzioni. All'improvviso, ricordandosi del trucco che si era messa, si scosta e corre via. Davanti allo specchio, passa il dito sotto la palpebra inferiore per pulire l'alone che si è formato, poi svita il flacone di mascara, cercando ansiosamente di rimediare.

Avanzando in silenzio lungo il corridoio, Eleonora percepisce i bisbigli di Claudio e Camilla nell'ingresso. Ridono sottovoce per non farsi sentire, sono felici e complici, nel loro mondo. A un tratto, c'è un breve silenzio; Eleonora riesce a immaginare i corpi rigidi uno di fronte all'altro, le pare di distinguere i respiri tesi. Ma subito dopo ricominciano i sussurri, le risatine.

Sottile come un alito di vento, s'infiltra nella striscia d'ombra vicino al muro.

«Saranno tutti ai tuoi piedi, vedrai.» Il tono schivo di Claudio contrasta con le sue stesse lodi.

Camilla si schermisce con un mugolio; si sente che è a disagio col suo aspetto, col vestito che indossa.

Eleonora si sporge oltre l'angolo, fino a vederli. Camilla indossa un abito da festa stretto e scollato, calze velate, scarpe col tacco alto. Emana la luce delle cose nuove, ha quell'aria maldestra e innocente delle ragazzine che si fanno donne, inconsapevole dei dardi della seduzione che va scagliando suo malgrado verso il padre. Dev'esserne rimasta un po' anche in lei, da qualche parte, di quell'innocenza; eppure, se si volta indietro a cercarla, incontra solo facce congelate e morte.

Claudio, frastornato dall'amore per Camilla, e che allo stesso tempo la rifugge. Che evita di guardarla e di toccarla, che sembra quasi spaventato da lei. Claudio, che non vede più la propria figlia, ma soltanto le proprie ossessioni; che è turbato dal seno, dai fianchi, dalle labbra, dall'esplosione di quel suo corpo in fiore, lacerato dal conflitto per quell'inquietudine che non dovrebbe provare.

E lei? Che faceva, lei, mentre sua figlia diventava grande, mentre Claudio sprofondava sempre più nella propria palude?

Rimaneva nell'ombra, a spiarli. A lasciare che i mostri prendessero forma. Non faceva che inventare sotterfugi nel tentativo vano di essere vista da lui, per il timore di finire nel dimenticatoio dell'esistenza, di veder dichiarato scaduto il proprio tempo. E intanto Camilla era lì: la sua occasione di riviverlo da capo, quel tempo. Camilla, la sua bambina senza madre, lasciata in balia di un amore paterno impuro e corrotto. Con un passo non meditato esce dall'ombra all'improvviso, facendoli sussultare di spavento.

Camilla si volta verso di lei e la scruta dalla testa ai piedi. Per un attimo, prima che tornino a farsi indifferenti e sprezzanti come sempre, Eleonora vede i suoi occhi riempirsi di un'ammirazione totale. Mai, in tutta la vita, si è sentita bella come adesso, nello sguardo di sua figlia; un oggetto lontano e desideratissimo, irraggiungibile.

Vuole dirglielo subito, che non la lascerà più sola. Che imparerà ad amarla, che la proteggerà.

Ma lo sguardo di Camilla vaga già sul pavimento, lontano da lei; salutato Claudio soltanto, esce di casa mentre Eleonora resta lì, la bocca aperta, il fiato, ancora una volta, rimasto bloccato nella gola.

Camilla osserva la città che si stende davanti a lei sotto forma di una miriade di piccole luci, mentre alle sue spalle esplode la festa. Ringalluzziti dalla penombra e dalla vodka, ragazzi e ragazze intessono relazioni muovendosi nella musica. Camilla non ha molto tempo, intende fare quel che deve prima dell'arrivo di Ginevra. Quando poi sarà arrivata, si guarderanno negli occhi e si accorgeranno che qualcosa tra loro è cambiato: che saranno più vicine di come non siano mai state.

Fa fatica a mantenere l'equilibrio sui tacchi, e il vestito le schiaccia i fianchi; forse avrebbe fatto meglio a prendere una taglia in più. Ripensa alla figura filiforme e sinuosa di sua madre, prima, nel corridoio. La immagina adesso a quella festa, accanto a suo padre, mentre gli sfiora la nuca con le dita o cerca di prendergli la mano, ruotandogli attorno come un pianeta al Sole. Cosa non avrebbe dato, quando era piccola, perché Eleonora gli rispondesse male, almeno una volta. Perché sbattesse una porta o gli gridasse che non era d'accordo. Perché avesse un mondo al di fuori di lui, qualcosa che permettesse a lei di dire: ecco, signori, questa è mia madre.

Al tavolo delle bevande, Olivia sta versando del liquido trasparente in un bicchiere riempito di cubetti di ghiaccio. Vedendola arrivare, la squadra dalla testa ai piedi. «Stai bene» sentenzia poi.

Camilla annuisce seria. Le prende dalle mani la bottiglia e si riempie il bicchiere, poi ci aggiunge del succo di frutta come le ha visto fare.

«Cin.» Olivia le porge il proprio bicchiere e Camilla lo tocca col suo. Beve a piccoli sorsi, cercando di concentrarsi sul sapore dolce che si sente all'inizio, e di ignorare quello amaro e bruciante che viene dopo. Arrivata a metà, ingoia ciò che resta tutto insieme, strizzando gli occhi per il disgusto. Subito, dallo stomaco il bruciore sale fino alla testa. La stanza comincia a ondeggiare e lei con essa. Finalmente può smettere di sforzarsi di essere dignitosa agli occhi degli altri, può lasciarsi andare. È come se la sua coscienza si staccasse da lei e iniziasse a fluttuare, mentre il suo corpo continua a muoversi più in basso, libero, mosso solo dall'istinto.

Matteo è vicino allo stereo, solo. Lo raggiunge e gli afferra il braccio, stringendolo forte con le dita. Vuole che senta tutta la sua determinazione, che capisca che prima era soltanto sepolta sotto strati di paure ormai dimenticate. Sul volto di Matteo si disegna un'espressione stupita. Camilla lo strattona. «Vieni con me» gli ordina senza esitazione.

Lo conduce fino al bagno, lo fa entrare e chiude la porta a chiave. Matteo sta in piedi davanti al water con un'aria smarrita, quasi spaventata. Gli si mette davanti, le braccia lungo i fianchi, come a dire: "Guardami". Con la precisa sensazione di trovarsi sull'orlo di un precipizio ed essere sul punto di saltare, inizia a far scorrere la lampo del vestito lungo il fianco, poi fa scivolare giù le bretelline. Il vestito scende fin sotto le anche. Afferra l'elastico delle calze attorno alla vita e abbassa anche quello fino a metà coscia. Via via che espone centimetri di carne bianca, sente la pelle bruciare, eppure non ha il coraggio di alzare lo sguardo su di lui, per paura di trovare i suoi occhi freddi, lontani.

Matteo non fiata, non lo si sente neppure respirare. In quell'immobilità terrificante, con un gesto disperato Camilla gli afferra la mano e se l'appoggia al seno. Quel peso estraneo addosso le provoca un groppo allo stomaco, come se fosse sul punto di vomitare. Allora istintivamente solleva gli occhi su di lui, quasi per chiedergli aiuto. Ma il volto di Matteo è rigido, contratto in una smorfia di ilarità che fatica a soffocare.

Camilla ha la sensazione di ritrovarsi catapultata al centro della festa, semisvestita com'è, tra decine di occhi che la fissano e ridono di lei. Si toglie di dosso quella mano molle, si tira su i collant e si sistema in fretta il vestito.

Con la lampo ancora mezza giù, apre la porta e corre fuori, verso la stanza di Matteo. Fruga tra le giacche buttate una sull'altra sopra il letto, s'infila un cappotto che le sembra il suo e cerca di raggiungere la porta d'ingresso facendosi largo tra gli invitati. Scende le scale di corsa, i rumori della festa che si fanno via via più ovattati, mentre le vibrazioni attraversano le rampe facendo quasi tremare il palazzo.

In pochi secondi si ritrova fuori, nella strada vuota e fredda delle undici, sotto le finestre illuminate dalle cene del sabato sera. Cammina nelle ombre degli alberi verso la profondità della notte, sperando che la risucchi e mai più la porti indietro.

Durante il tragitto in auto non scambiano una parola. Per tutta la sera non hanno fatto che dire banalità appropriate al contesto. Claudio ed Eleonora sanno bene come muoversi in società, come porsi nel modo giusto. Per anni hanno coltivato relazioni con gente del loro rango, passando da una cena, a una festa, a una prima a teatro. Quel tipo di vita li aiutava a tenere sepolte le cose che non sarebbero dovute affiorare, nonostante i silenzi appena tornavano a casa, da soli.

Eleonora è peggiorata quando Camilla ha iniziato a farsi grande. Non riusciva più a gestire le feste, i concerti, tutte quelle porte che non poteva chiudere. All'inizio si stordiva con le medicine, poi non ce l'ha fatta più. Hanno smesso di uscire e fare quel tipo di vita, insomma di scappare, ma almeno di farlo insieme. Si sono ritrovati chiusi in casa, lei a rincorrere lui, che rincorreva qualcos'altro. In fondo, loro due sono uguali: goffe creature destinate a sentirsi indietro, che si arrabattano come possono nel loro eterno inseguire.

I profumi intensi che indossano si sovrappongono nello spazio angusto dell'ascensore. È il luogo che di solito Eleonora preferisce, perché in quei pochi centimetri soltanto sente di avere il pieno controllo su di lui. Eppure, adesso, le manca l'aria. Non riesce a smettere di pensare a Camilla in quello stretto vestito nero; allo sguardo di Claudio, quasi spaventato su di lei.

Claudio va dritto nello studio, si spoglia e si chiude nel bagno. Eleonora aspetta di sentire l'acqua scorrere nella doccia, poi prende la valigia grande e con calma inizia a riempirla con le cose di suo marito. Fa tutto con molta cura: piega i pantaloni seguendo la riga frontale, abbina i calzini alle mutande.

Claudio esce dal bagno senza accorgersi della valigia nel corridoio. Si sentono la porta dello studio richiudersi e le molle del letto cigolare sotto il peso del suo corpo. Quando nella fessura sotto la porta vede la luce spegnersi, Eleonora prende il telefono e va a sedersi sul letto. Si accende la sigaretta che gli ha rubato e con calma dà qualche boccata profonda. Il foglio ripiegato dei tabulati telefonici è sul comodino. È un elenco di diversi numeri, ma uno solo compare molte volte, molte più volte di tutti gli altri: quasi sempre chiamate in arrivo, tutte brevissime, anche della durata di uno, due secondi. Un numero fisso le cui prime cifre non ha mai visto prima, uno di quelli dei quartieri lontani.

Tutte quelle telefonate mute, quando era lei a rispondere, e conversazioni minime, monosillabiche, quando a rispondere era Claudio. Non ha mai osato fargli domande; è sempre stata attenta a fermarsi al di qua del confine entro il quale le cose restano in piedi. L'ultima chiamata della lista risale alle cinque e quarantasette di lunedì scorso, proprio quando Claudio ha ricevuto una di quelle brevi telefonate: Eleonora aveva controllato l'ora. Poco dopo, lui era uscito dicendo di avere un'urgenza di lavoro, per tornare poi molto più tardi.

Come se fosse la cosa più naturale del mondo, confronta il numero con quello copiato dal diario di Camilla sul blocchetto dei post-it, verificando, senza stupore alcuno, che corrisponde.

Aspira altre tre, quattro boccate di fumo. L'aria grigia che entra ed esce dai polmoni le provoca un piacere profondo, come se respirasse per la prima volta. Infine, prende il telefono.

«Buonasera. Vorrei fare una segnalazione.» Segue un silenzio. La sigaretta brucia a lungo tra le dita.

«Mi chiamo Eleonora Borghi. Si tratta di mio marito, agente. Credo che vada con una ragazzina.»

Poggia il mozzicone nel posacenere e lo spinge forte. «Esatto, agente. Una minorenne.»

Spegne la sigaretta con cura, accanendosi sulla cenere che resta.

«Certamente, domani mattina posso venire in commissariato.»

Resta a fissare il telefono per un po', mentre l'odore del tabacco continua a spandersi per la camera da letto.

S'immagina Camilla tornare dalla festa a tarda sera. Immagina di sedere con lei in cucina, prepararle una camomilla e ascoltare i suoi racconti. Quante ne hanno, di cose da raccontarsi.

Si guarda intorno: le tende tirate, le imposte sigillate. Quella chiusura che le dava sicurezza, senza la quale le pareva addirittura impossibile vivere, d'un tratto le toglie il respiro. Si alza e si avvicina alla finestra. Lentamente fa scorrere le tende, poi gira la maniglia, apre i vetri e spalanca le imposte, lasciando che il vento tiepido della sera inondi la stanza. Ondeggiano i suoi capelli, il lembo del copriletto, le pagine mai lette del libro aperto sul comodino. Respira a fondo con gli occhi chiusi, lasciando che l'aria scivoli dentro e fuori dal petto. Poi si sdraia sul letto e resta lì, ferma e viva, a guardare le stelle.

Mara entra in cucina, a disagio. Vanda la guarda con una specie di pietà, un sorriso benevolo che è un insulto mascherato. Esita in convenevoli, ma si capisce che ha fretta. Mara risponde a monosillabi, poi a un tratto resta zitta. Vanda allora capisce che è il momento di andare al dunque. Le fa cenno con la testa di seguirla e s'incammina verso la propria stanza. Fuori è ancora giorno, oltre la finestra s'intuisce il cielo opaco che si va spegnendo poco a poco. Il vestito è sul letto. Vanda si fa da parte senza aggiungere nulla, mentre Mara resta immobile a fissarlo.

«Voglio che pensi a qualcosa de speciale, che stia bene co' questo.» Vanda la scruta in viso, per assicurarsi che abbia capito bene.

Mara si lascia abbagliare dal colore, dal tessuto sfavillante. La tavola cromatica le si è già dispiegata davanti, gli accostamenti si sono creati automaticamente e adesso le si sfumano davanti agli occhi, mescolati da un pennello invisibile.

Vanda le si avvicina e le afferra la spalla con la mano. Poi riprende cauta: «Allora, quando torna le posso dire de passà da te?».

Mara annuisce, diligente. Fa per andarsene, ma Vanda le blocca di nuovo la spalla e le sfiora il viso in una carezza consolatoria.

«Sai, non semo tutti uguali» si ferma, fissa il pavimento come per dosare bene le parole. Poi riprende: «Ce sò quelli che strisciano, che vanno avanti come possono, come me, come te. E poi ce sò quelli come lei, che una possibilità gli viene data. E noi dobbiamo esse contente pe' lei, capito?».

Mara la fissa con distacco. Un vago senso di pietà la invade. Quell'aria festosa, quel tono colmo di orgoglio e di speranza, le creano imbarazzo. Annuisce, già altrove. Spera che Ginevra resti a galla, solo questo.

Si va verso sera. Il sole già basso illumina una sola faccia di ogni cosa, lasciando in ombra quella opposta. Tra poco tutto sprofonderà nel buio. Ginevra sta seduta sul letto, i piedi nudi sopra lo zaino chiuso. Ci ha messo dentro biancheria intima, magliette di ricambio, spazzolino da denti, soldi. Il necessario per le prime settimane, poi dovrà trovarsi una piccola casa in affitto e un lavoro. Ci sarà sempre gente ricca disposta a pagare qualcuno perché pulisca la casa o si occupi dei suoi bambini, e lei queste cose le sa fare bene. Ricorda quando in televisione hanno parlato delle città in cui si vive meglio; si era appuntata alcuni nomi su un pezzo di carta, immaginando tutte quelle persone felici per le strade. Arriverà alla stazione e sceglierà il primo treno che porti in una di quelle zone, odori nuovi, facce mai viste. Troverà un posto per lei. Un posto in cui non avere una storia alle spalle né un futuro scritto sopra la testa. E quando le cose anche lì inizieranno a farsi stantie, se lo vorrà, se ne andrà di nuovo. Cambierà ancora, ricomincerà da capo.

Sul letto di sua madre c'è un vestito rosso, avvolto nella plastica trasparente della lavanderia. Ha la gonna di tulle, il corpetto luccicante. Lo sfiora col dorso della mano attraverso l'involucro.

Vanda compare sulla porta in quel momento, lo sguardo commosso dei giorni importanti. «In lavanderia non se lo sò mai venuti a riprende» spiega. «Sò mesi che c'ho messo gli occhi addosso, pe' te. Alla fine ho chiesto il permesso al capo mio. M'ha detto de sì. Te piace, amo'? Non è una meraviglia?»

Ginevra racimola le forze che le sono rimaste per accontentarla un'ultima volta. Non ne ha più molte, da riservare agli altri. Tutto ciò che le resta è soltanto per sé. Non passerà mai più sopra sé stessa.

«È bellissimo, ma'» dice senza voltarsi.

«Vatte a vestì. Mara t'aspetta pe' le unghie, c'ho già parlato io. Poi te do uno strappo alla festa.»

Ginevra prende la gruccia che sorregge il vestito e con l'altro braccio cinge frettolosamente la schiena di Vanda. «Vado da sola, ma'. Non ti preoccupare.»

«Sei sicura? Non è che sull'autobus te se sciupa il vestito?»

Ginevra se l'appoggia al corpo e piega il mento avanti, per guardarsi. «Stai tranquilla. Ce sto attenta.»

«Allora vado da Ingrid. Poi me racconti tutto, vabbè?»

Ginevra torna in camera sua. Quando sente la porta di

casa richiudersi, posa con cura il vestito sul letto e prende lo zaino.

Scende le scale senza mai fermarsi, attraversa l'androne ed esce sul piazzale. Se si voltasse a guardare in alto, verso la finestra del tredicesimo piano, intravedrebbe la sagoma di sua madre, di spalle dietro le tendine di nylon, mentre eccitata racconta a Ingrid della festa esclusiva cui sua figlia è stata invitata. Attraversando lo slargo in qualche modo la sente, la torre che le incombe sulle spalle, una creatura gigantesca che tenta di divorarla. Ha la precisa sensazione che, se si voltasse, la vedrebbe avvicinarsi e inseguirla per sempre, ovunque si trovi, ovunque tenti di andare. Ma non si volta, non dovrà farlo mai.

La campagna intorno si va facendo più cupa, le prime luci si accendono in lontananza sui palazzoni. Alcune stelle sono apparse nel cielo ancora chiaro, brillanti come fuochi accesi. Dietro di lei, dritta e scura, la torre è a ogni passo più lontana.

PEFC
PEFC/18-32-03

Certificato PEFC
Questo prodotto è realizzato con materia prima da foreste gestite in maniera sostenibile e da fonti controllate
www.pefc.it

Mondadori Libri S.p.A.

Questo volume è stato stampato
su carta HOLMEN
con fibra vergine proveniente da foreste sostenibili holmen.com/paper
presso ELCOGRAF S.p.A.
Stabilimento - Cles (TN)

Stampato in Italia - Printed in Italy